Cocido y violonchelo

Cocido y violonchelo

MERCEDES CEBRIÁN

LITERATURA RANDOM HOUSE

Papel certificado por el Forest Stewardship Council®

Celina me hacía poner las manos abiertas sobre las teclas y con los dedos de ella levantaba los míos como si enseñara a una araña a mover las patas. Ella se entendía con mis manos mejor que yo mismo. Cuando las hacía andar con lentitud de cangrejos entre pedruscos blancos y negros, de pronto las manos encontraban sonidos que encantaban todo lo que había alrededor de la lámpara y los objetos quedaban cubiertos por una nueva simpatía.

Felisberto Hernández, «El caballo perdido»

Mientras preparaban la cicuta, Sócrates estaba aprendiendo una melodía de flauta. «¿Para qué te servirá?», le preguntan. «Para saber esta melodía antes de morir.»

E. M. Cioran, *Desgarradura*

De vez en cuando, en momentos de embriaguez expansiva o en la vibrante introspección con que se busca el tiempo perdido, una persona topa con la cima de su emoción gastronómica. La recuerda conmovida, casi, y con una claridad nostálgica que le nubla de llanto la mirada vuelta hacia dentro.

M. F. K. Fisher, *El arte de comer*

En el mundo real Rosario no está viva, pero su pregunta sí. ¿Qué tengo pensado hacer con mi tiempo en la Tierra?

Ana Flecha Marco, *Piso compartido*

PRIMERA PARTE

(CON DERIVA RUSO-POLACA)

HOY ESTRENO HUELLA

Me toca renovarme el DNI. El proceso es más ágil y eficiente que hace diez años, así que lo emprendo sin dramatizar. Algo que no ha cambiado en todo este tiempo es la fealdad congénita propia de las comisarías donde se lleva a cabo el trámite, pero aun así es tolerable, probablemente gracias a la luz natural que entra por las ventanas. Las combinaciones alfanuméricas de los turnos son tan enrevesadas —D32, FS008, X65A— que es imposible saber si llevan alguna lógica aparejada o si son fruto del azar. Cuando la pantalla refleja mi código, me dirijo hacia la mesa correspondiente. Me atiende una mujer agradable, más joven que yo. ¿Será funcionaria? Tiendo a pensar que toda persona sentada tras un mostrador como ese lo es, pero su simpatía destruye al instante el arquetipo de burócrata del sector público que tengo en mente. La mujer me pide que coloque el dedo índice sobre un minúsculo escáner —echo de menos que me entinten la yema, esa práctica tan del siglo pasado— y lo balancee delicadamente para que se grabe mi huella dactilar. Enseguida le hago ver, muy orgullosa, que tengo un callito en el índice de la mano izquierda. Confío en que esto no modifique mi huella de ahora en adelante, le digo, fingiendo una gran preocupación que en absoluto tengo. Me asegura que no, y eso nos lleva a hablar un ratito de aquellos profesionales que se dedican a las bellas artes o a otros trabajos que les dejan los dedos hechos polvo por los productos químicos

que utilizan. Algunos incluso han llegado a perder tempo-
ralmente su huella.

Todo esto no era más que una excusa para contarle a la
funcionaria que tengo un callo en el índice de la mano izquierda porque toco el violonchelo.

EL ORIGEN DE TODO

El 28 de junio de 2018 llamé a una tienda de instrumentos de arco de Madrid para preguntarles si alquilaban violonchelos y a qué precio. Me sentí un poco Gila: «¿Es ahí donde alquilan violonchelos? ¿Tendrían uno grandecito para mí?». Y tenían uno, con su arco y una funda acolchada negra parecida a un anorak de esquí, por 43 euros al mes. Que cuándo me lo podrían entregar. La voz de varón simpático venezolano que se escuchaba al otro lado del teléfono me dijo que al día siguiente. Fui a pagar esa misma tarde para reservar mi instrumento y acto seguido me puse a llamar a academias de música, una vez más sintiéndome Gila: «Oiga, ¿es ahí la academia de música? Que si dan clases de chelo en julio y agosto». En dos de ellas me dijeron que volviese a llamar en septiembre. En otra, que preguntarían a la profesora de chelo y me llamarían (pero nunca lo hicieron), y en la cuarta, junto al Teatro Real, me confirmaron que la profesora trabajaba durante el mes de julio, que si les daba mi teléfono ella me llamaría. Y eso hizo esa misma noche, así que el 3 de julio tuve mi primera clase con Calia, que también es intérprete y profesora de viola da gamba, esa especie de violonchelo aguitarrado de seis cuerdas concebido para tocar música renacentista y barroca.

Ahora que llevo quince meses con el chelo —en este mismo periodo de tiempo hay gente que gesta un pequeño humano, lo amamanta y lo desteta— me resulta muy lejana la rareza que experimenté los primeros días al viajar en metro con el instrumento a la espalda. Me parecía llevar escrita en la frente la frase «Aunque tenga esta edad, soy principiante». Enseguida aprendí que existe un idioma de las fundas de violonchelo y que los profesionales no transportan sus instrumentos en una blanda y acolchada como la mía, sino en estuches rígidos de fibra de carbono de colores chillones o de un negro acharolado. Esos estuches valen aproximadamente como el chelo de alquiler que yo llevaba a la espalda, unos novecientos euros. Al principio, mi miedo a que el instrumento sufriese un golpe provocaba conductas agresivas y antisociales en mí: empujaba a los demás ocupantes del vagón para que me hicieran sitio y, una vez dentro, trataba de generar un espacio vacío a mi alrededor, libre de posibles incidentes. En la línea más concurrida del metro de Madrid, y entre las paradas de Tirso de Molina y Sol a media tarde de un día laborable, esto no era nada fácil. La primera vez que pasé el torniquete del metro con el chelo colgado de la espalda sonó un golpe seco. Cloc. «Ay, me lo he cargado». Por suerte, no hubo daños que lamentar, pero desde ese momento aprendí a inclinarme como si estuviese haciendo una reverencia cada vez que franqueaba la barrera de acceso con el chelo a cuestas.

La academia donde estudio tiene gotelé. Es muy fea. A nivel visual no me enorgullece formar parte de su alumnado. Acústicamente, quizá un poco más: ahora se oye a un cantante varón haciendo lo que muchos llamarían gorgoritos, que son, en realidad, ejercicios —«O-eé, O-eé, O-eé»—, sonidos que ascienden y descienden por su garganta. A veces escucho instrumentos de viento-metal repitiendo estándares de jazz durante horas. Pero, sobre todo, de sus aulas entran y salen niños que estudian piano y lenguaje musical. Aunque, al terminar mi clase, alguna vez también he coincidido con una mujer de mi edad que estudia violonchelo. ¡Otra como yo! Nada más verla desenfundar el instrumento me entraron ganas de olisquearla a preguntas, como una perrilla cuando ve a otra de su

leños en plena conversación necrosada, de las que no llegan a ninguna parte, y confesaré todos mis crímenes en escasos minutos. Por ejemplo, esa voz de la amiga o familiar de mi otra vecina, esa voz que lleva hablando un rato largo en el descansillo, entraría para mí dentro del ámbito del ruido. La música, ya sean escalas o arpegios desafinados, nunca será ruido, serán si acaso meros sonidos.

Justamente ando leyendo estos días un relato que Benito Pérez Galdós publicó en dos entregas en el periódico madrileño *La Nación* en 1865. Se titula «Una industria que vive de la muerte. Episodio musical del cólera», y en él Galdós defiende la superioridad expresiva de ciertos ruidos frente a la música. El ejemplo en el que más se detiene es el del sonido machacón de un martillo que inserta clavos en la madera de un ataúd para cerrarlo. ¿Qué compositor puede imitar los escalofríos que nos genera oír algo así?, pregunta Benito a los lectores. La respuesta es ninguno, pero habría que hacerle ver que la música instrumental, al menos desde el siglo XVIII, rara vez pretende ser mimética, y cuando lo es, la mímesis se emplea como efecto ocasional: la salva final de cañonazos de la *Obertura 1812* de Chaikovski es un buen ejemplo. Desdeñar la música por sus pocas dotes representativas es como menospreciar el expresionismo abstracto porque en él no distinguimos cuerpos u objetos que nos resulten familiares. Pero a pesar de no estar de acuerdo con su argumento central, me leo el relato de Galdós con la avidez con la que me bebo la única horchata que me permito cada verano.

Un vaso grande de horchata tiene 231 calorías.

Sigo dándole vueltas a la difícil distinción entre sonido y ruido. El teórico francés Michel Chion ha dedicado más páginas que yo a intentar distinguir ambos, y en su empeño siempre se topa con las consideraciones afectivas de cada término: la palabra ruido, al menos en castellano, italiano y francés, tiene connotaciones negativas. El ruido es siempre desagradable en las lenguas romances, aunque en los países donde se hablan estas, el derroche de decibelios sea algo cotidiano.

¿No será que padezco misofonía? El término lo acuñaron los médicos Pawel y Margaret Jastreboff, quienes también diagnosticaron por primera vez esta afección, que definieron como «intolerancia a los sonidos cotidianos producidos por el cuerpo de otras personas, como comer, sorber, toser, masticar, o también por sonidos producidos al utilizar ciertos objetos, los cuales pueden desencadenar ansiedad y conductas agresivas en el paciente». Parece que los sonidos que más sensibilidad despiertan son los vinculados con la respiración y la alimentación de personas del círculo más cercano de quienes padecen misofonía. Los Jastreboff la consideraron un trastorno neurológico, aunque tiene más bien pinta de manía, de fobia tratable sobre un diván. Por lo visto, según los Jastreboff, la afección no tiene cura. Otros términos relacionados con la misofonía son «disconfort sonoro» (lo que yo experimento cuando hablan mis vecinos en el descansillo), «Síndrome de Sensibilidad Selectiva al Sonido» (¡esas cuatro eses!) o «algiacusia», cuando se siente verdadero dolor físico ante ciertos estímulos sonoros.

A lo mejor lo que más incomoda a muchos cuando escuchan ensayar a un instrumentista es lo indeterminado de esas repeticiones de sonidos que no conforman melodías tarareables; quizá les haga sentirse ante un idioma de un grupo lingüístico desconocido cuya sintaxis no perciben en absoluto, cosa que les genera desazón y ansiedad. En cambio, una buena discusión con significado, con insultos incluso, la encuentran más familiar que las escalas procedentes de un clarinete o el sonido de las cuerdas al aire, a veces vigoroso y, bastante a menudo, temblón y medio afónico de mi violonchelo.

Todas estas constataciones me llevan a estar de acuerdo una vez más con el lúcido teórico francés cuando se refiere al egocentrismo implícito en la audición. En su libro *El sonido*, Chion comenta que cuando oímos sonidos no deseados nos sentimos perseguidos por ellos, y menciona al respecto un relato breve de Kafka, «Mucho ruido», en el que el narrador se ve a sí mismo como el «jefe del cuartel central del ruido de toda la casa». Esta sensación ocurre por la imposibilidad de cerrar los oídos. Los tapones, ya sean de espuma o de cera, necesitan algunas mejoras para producir un aislamiento acústico total. Pareciera que la única manera eficaz de tapar un sonido es superponerle otro más intenso aún. Una discusión conyugal se combate con un disco de Motörhead, por tanto.

SER TORERO EN FINLANDIA

El director de orquesta Jesús López Cobos pronunció una vez esta frase: «Ser músico en España es como ser torero en Finlandia». Se hizo lo viral que los comentarios podían hacerse en los años ochenta: llegó a oídos de varios gracias a la prensa y al boca a boca, e incluso acabó llegando a los míos cuando era adolescente y estudiaba música en una escuela, ya después de haberme despedido de doña Carmen, mi profesora particular de piano cuyo marido era, curiosamente, torero recreativo. Es decir, practicaba el rejoneo en un descapotable desde el que intentaba, creo yo que torpemente, clavarles banderillas a los toros. Humor entre astados. Después se bajaba y toreaba con muleta. Al coche lo llamaba su «jaca metálica». Le compusieron un pasodoble con su nombre –Víctor Carrasco– que aún puedo tararear. Lo tengo en el baúl mental de cosas inútiles.

¿Han cambiado las cosas aquí? ¿Y en Finlandia? ¿Se puede ser músico en este país y torero allí con naturalidad? Los profesionales de la música a los que ahora pregunto (no he logrado acceder a toreros finlandeses) me dicen que el nivel de los instrumentos de cuerda frotada en España ha subido mucho en las últimas dos décadas. De hecho, la carrera de cualquier instrumento de la familia de los arcos con el nuevo plan de estudios dura catorce años, cuando en mis tiempos de estudiante de conservatorio duraba «solamente» diez.

Pero en las encuestas informales que hago a coetáneos míos de perfiles variados se revela con claridad la idea de que algo lleva muchos años yendo mal en el plan general de estudios de este país en lo que respecta a la música. La soltura terminológica es patrimonio solo de aquellos que en su día cursamos estudios musicales reglados según el plan franquista del año 66, hoy extinto. Cientos de compatriotas que hoy rondan la presbicia me han hecho ver que pasaron muchas tardes de infancia y adolescencia en el conservatorio o en alguna escuela de música de su ciudad, casi todos iniciándose en el piano o la guitarra; solo algunos en el violín y muy pocos en el clarinete o en la flauta travesera. Lo que tienen en común los que abandonaron pronto el instrumento es lo borroso de sus recuerdos relacionados con el aprendizaje del lenguaje musical y de su terminología, algo que no nos pasa a quienes, después de cinco años de solfeo, continuamos estudiando armonía, contrapunto y otras asignaturas teóricas (el BUP o la ESO musicales, digamos). Esos, como yo, accedieron a una jerga que hoy llevan cincelada en sus mentes con letras de molde, cosa que, como suele suceder con quienes conocen un lenguaje técnico, nos sitúa dentro de un oligogrupo, para bien o para mal. Acuño este neologismo por su etimología: «oligo» quiere decir «pocos» en griego, y ello me ayuda a detectar más de un colectivo de este tipo: el de los abogados, por ejemplo, cuya sensación de pertenencia al grupo se intensifica cuando emplean alocuciones como «fase de instrucción» o «vulnerando lo dispuesto por el artículo 19 bis», mientras los demás los miramos embobados sintiéndonos excluidos. Lo mismo sucede con los médicos, que traducen tus pitidos en los oídos por *tinnitus* o acúfenos en una pirueta verbal casi circense. Yo misma, como dije antes, con mi bagaje de terminología musical y con lo que llaman «entrenamiento auditivo» (y aquí visualizo indefectiblemente la imagen de una oreja en chándal azul marino con dos rayas blancas a los lados), formo parte de un oligogrupo y, debido a ello, me he convertido en la criatura musicalmente intransigente que ahora soy. Esclava del sistema tonal y del oído absoluto que poseo y padezco, deseosa de encontrar armonías complejas en las canciones que escucho, desdeño las tonadas «fáciles» arrugando mi chata nariz, y si los arreglos llevan guitarra eléctrica, ahí ya sí que me cambio de acera.

ES COMO SACAR AL PERRO

Nadie que tenga perro calculará el tiempo que le lleva diaria o semanalmente cuidar de su mascota. «Pipo me reclama al día un total de cien minutos: lo he calculado al sumar las horas que invierto mensualmente entre bajarlo a la calle a que haga su pis y su caca, llevarlo al veterinario y al peluquero canino»: estas declaraciones son impensables. Quien sienta cariño hacia un ser vivo no se permite llevar a cabo este tipo de contabilidad afectiva, y menos en una época de emociones exaltadas como esta. Pero para explicar la relación entre un ser humano y un violonchelo hay que hacer estos cálculos, porque si no la gente —y a veces una misma— no entiende qué hace una mujer de cuarenta y ocho años practicando en vano escalas y arpegios que nunca tocará con fluidez (hoy quizá salgan bien, pero mañana quién sabe), tratando de afinar notas y de sacarle sonido a un mueble de madera, a una especie de mesita supletoria de formas curvas con un mástil y cuatro cuerdas. Pues sacar al perro, hago algo parecido a sacar al perro y llevarlo al veterinario o a que le esquilen las lanas.

Me di cuenta de que el chelo iba a ser un perro al minuto de animarme a estudiarlo. La decisión la tomé más con el cuerpo que con la mente: esos chistes gráficos en los que el cerebro, muy serio y cruzado de brazos, no se habla con el corazón porque este último hace caso omiso de las decisiones de aquel son muy aplicables en este caso.

Los centinelas del afecto son implacables: no te permiten querer a objetos y te obligan a que comprendas su apego hacia seres (humanos o animales) con los que tú no querrías pasar más de veinte minutos por semana. Así que esto que llevo en esta especie de maleta de gran tamaño y forma extraña es un perro. O por lo menos lo cuido y lo paseo como si lo fuese. Una amiga del pasado con la que me topé hace unos días por la calle me vio con el chelo a cuestas y dijo espontáneamente: «¿Qué haces con el bicho ese?». Así que para ella es un bicho, un mamífero de madera. ¿Aceptáis entonces que me desviva por él, que cancele planes para dedicarle tiempo, que le llene el tubito humidificador de goma con el que combate la sequedad de los veranos madrileños?

El chelo es mi «afición», un sustantivo blandengue como pocos. Quizá sea mejor llamarlo «pasión», un afecto más noble, más intenso. Tras la inversión económica inicial, me siento muy orgullosa de lo poco consumista de mi hobby (si le doy ese nombre vamos a peor; solamente «entretenimiento» lo supera). Para empezar, no contamina porque no es un cacharro de usar y tirar. Y además, tratar de sacarle sonido a un mamotreto que pone a prueba tu resistencia física requiere atención plena, la celebérrima *mindfulness* de la que se habla por doquier. Existe también la posibilidad de tocar el chelo sin fijarse en lo que tocas, como si estuvieses serrando un tablón en vez de pasando el arco por las cuerdas, pero esa opción a mí no me parece realmente válida. Equivale a comer de pie, a picar de aquí y de allá mientras preparas la verdadera cena. La nutrición real tiene lugar una vez que te sientas ante el plato humeante. Ahí no hay escapatoria: hay que trinchar el pollo, quitarle las espinas al besugo o tener cuidado de no masticar por error un trozo de guindilla.

No obstante, hay muchas historias de músicos que, durante su etapa de formación, solo eran capaces de sentarse a practicar urdiendo tretas. El pianista Arthur Rubinstein cuenta que escuchaba la radio mientras practicaba pasajes difíciles al piano. Aunque se limitara a ejercitar los músculos de los dedos sobre un teclado, un poco como lo que estoy haciendo yo ahora ante mi ordenador, sabía que sin esas horas de práctica poco iba a lograr. Por eso, a pesar de que mi generación y las posteriores se han deshecho de la cultura del sacrificio como una serpiente que abandona su pellejo seco y ya llevan años sumergidas en el nuevo paradigma del «aprender divirtiéndose», me parece claro que es gracias a esa letra-que-con-sangre-entra mamada por mí durante tantos años que ahora puedo autoexigirme algo que conlleva un esfuerzo físico y mental considerable. ¿Es esto un piropo hacia mí misma o la constatación de que soy una esclava de mi propia educación?

RECUERDO INFANTIL (1)

«¡Son las doce y media y no has tocado el piano!». El grito materno, antipático y áspero, era la cantinela de todos los fines de semana. No porque hubiera en mí un prodigio infantil al que sacar rendimiento económico años después, sino más bien por ese mandato que atenazaba a su generación en relación con el cumplimiento de cualquier compromiso o deber.

Mis clases de piano eran una rutina establecida para mantenerme entretenida cuando no estaba en el colegio o ya no me quedaban deberes por hacer. La ociosidad siempre ha sido fuente de problemas potenciales, a menudo de índole moral, de ahí la frase de san Jerónimo: «Trabaja en algo para que el diablo te encuentre siempre ocupado». Tradicionalmente, una gran preocupación social ha sido que los chavales con mucho tiempo libre caigan en la droga, si bien la verdadera inquietud adulta parecía proceder de esta lógica: como de los chavales ociosos alguien se tiene que hacer cargo, será mucho mejor para todos que estén atareados antes de que tengamos que ser nosotros mismos quienes nos ocupemos de ellos.

En aquel momento de principios de los ochenta que ahora estoy recordando, mis padres aún no eran conscientes de lo que me traía entre manos: lo que ellos consideraban una simple actividad recreativa para señoritas de clase media acomodada se iba a convertir en algo más serio (aquí podría entrar una banda sonora intrigante que vaticinase lo tan temido). Hay que tener cuidado con las aficiones que les proporcionáis a vuestros hijos: pueden cobrar vida y dejar de ser ese manso hobby que nunca imaginasteis que llegaría a más. Durante los años en que tuve como profesora particular a doña Carmen, no valoré ese saber abstracto llamado música. Como tantas actividades que pasan sin pena ni gloria en la infancia, es muy fácil convertir el piano en una máquina de escribir sonora, compaginar las escalas ascendentes y descendentes con la lectura de tebeos de Zipi y Zape sobre el atril. No sabemos qué aporta eso ni a quién: ¿los dedos se ejercitan? Sí, pero con muy poca consciencia de su posición, relajación o tensión. ¿Me concentraba a cambio en las aventuras de los dos mellizos dibujados por Escobar? Tampoco demasiado. Ahí estaba comenzando a desarrollar mi ser multitarea, esa capacidad tan característica de los residentes del siglo XXI, que, me parece, nadie ha aclarado aún si es virtud o defecto.

Hastiada es poco (1980)

ASÍ QUE ERA POR EL TIMBRE

Digamos que cuando escucho un instrumento de arco acudo a él como un perrillo tras un hueso de goma (por un momento, aquí soy yo quien se vuelve mascota). ¿Será por el color de su madera barnizada? Un poco sí, y también por el olor a cera de ese mismo barniz, a una tradición de siglos que me trae a la mente el verbo «lustrar». Aunque, desde luego, es más bien por su timbre, que inmediatamente me traslada a unas coordenadas espaciotemporales de bienestar y protección —coordenadas *batamanta*—, igual que el repollo hervido nos transporta al momento a una portería de edificio noble y una moqueta con cerveza derramada sobre ella nos hace sentirnos de repente en un pub inglés.

Por este efecto que logran en mí los instrumentos de arco, me acerco con más condescendencia a aquellos temas pop en cuyos arreglos escucho violonchelos. Pero no me gusta que se pasen; hay un «No me pises el jardín» implícito en mi escucha, que revela lo fetichizado que tengo al pobre instrumento, cada vez más presente como guarnición en la música de cualquier tipo. Si la gente les tiene tanto respeto a los instrumentos de arco es porque los han visto sobre todo en escenas cortesanas: el emperador tal con su cuarteto de cuerda o el baile de la corte vienesa con su orquestita de cámara. Otros como la guitarra o el saxo han convivido con el pueblo desde su creación, serían más unos perros perdigueros de raza un poco incierta; en cambio, los tres instrumentos de arco (al contrabajo no lo incluyo aquí: lo veo más asociado a la noche y a los bajos fondos) parecen esos caniches de distintos tamaños a los que les cortan el pelo como si fueran el seto de un jardín afrancesado.

Al escribir esto me veo como una aristócrata de peluca empolvada, pues es así como nos hacen sentir a menudo a quienes escuchamos e interpretamos música clásica. Por lo visto, es burguesa mi afición —antes subí más la apuesta y dije aristócrata—, pero ojo, que algunos eruditos del rock y el pop me dicen que las cosas también pueden ponerse así de talibanas en su ámbito, que escuchar su canción favorita de la adolescencia empleada en un anuncio de seguros de vida les supone un enfado de proporciones inusitadas.

Encuentro un video del dúo de violonchelos 2Cellos —el tema «Thunderstruck»— y lo escucho y visiono con curiosidad por descubrir los mecanismos mediante los que han cruzado el umbral de lo minoritario a lo masivo. Los dos chelistas comienzan a tocar, muy formales, una sonata para chelo y bajo continuo de Vivaldi vestidos con indumentaria de cortesanos del siglo XVIII. Poco a poco empiezan a desmadrarse, a soltarse la melena musical y física; la sonata barroca se desdibuja y se convierte en una apoteosis rítmica en las antípodas del original. Parece que es en ese desmadre —que tiene mucha gracia, la verdad— donde radica su encanto. Por su parte, el grupo The Five Countertenors, cinco contratenores que cantan como lo haría un *castrato* en su día, confiesan en su vídeo promocional que se limitan a interpretar las arias más populares de las obras barrocas. Su público se ahorra así los poco tarareables recitativos de una *Pasión según san Alguien* de Bach. Es como si les dijesen a los aficionados: «Niños, os permitimos que os comáis solamente el arroz y el pollo y que apartéis los guisantes y el pimiento verde».

Mientras tanto, yo sigo comiéndome las verduras que veo entre los granos de arroz, incluso las pencas de acelga.

COCIDO Y VIOLONCHELO

«El infierno son los otros»: secundo a Sartre en su célebre frase, que me acompaña a diario. Por eso elaboro con demasiada frecuencia listas imaginarias de gente cuya vida deseo ver interrumpida definitivamente, de manera aséptica y sin dolor, eso sí. El violonchelo consigue que deje de lado esos pensamientos por un rato, pues requiere tanta atención que no es posible compaginar su estudio con la realización mental de estos elencos lúgubres. El mundo, al menos tal como lo percibo yo, es un lugar hostil contra el que se han de urdir constantes métodos de protección y escapismo. IKEA lo sabe, por eso ideó el eslogan «Bienvenido a la república independiente de tu casa», fomentando así el efecto incubadora que yo también busco cada día, a menudo ayudada por unos feos calcetines gruesos con unos círculos de goma antideslizante en la planta que aumentan exponencialmente la sensación de que no hay nada como el hogar propio.

Vuelvo atrás en el tiempo, al momento en que llevaba apenas cinco meses tocando el chelo. En estas veinte semanas, el instrumento ya está produciendo su efecto balsámico en mí, por eso intuyo que ha llegado el momento de comprarme uno, como quien decide meterse en una hipoteca en lugar de pagar un alquiler mensual hasta el final de su vida. Así que tras ver y probar tres o cuatro en distintas tiendas especializadas en instrumentos de arco, me monto en el tren de cercanías para probar otro más en el taller de unos lutieres a las afueras de Madrid. No se trata de un instrumento del siglo XVIII, ni tiene agujeritos de carcoma en la madera: lo han construido hace poco en un taller alemán en el que estos lutieres madrileños confían. Como se dice ahora, es un «honesto» violonchelo de taller sin más pretensiones que cumplir con su misión de emitir sonido y al mismo tiempo resistir bajo los dedos y el arco de una principiante como yo.

Entro en el cuarto de la casa que tienen dispuesto como taller. Veo punzones, lijas y frascos de todo tipo, como si fuesen lociones y cosméticos especiales para instrumentos. Hay también arcos de violín, viola y chelo de diversos tamaños en unos recipientes cilíndricos donde se esperaría que hubiese paraguas o bastones. La madera es el hilo conductor de este taller especializado en la producción de objetos que, gracias a su sonido, son capaces de mover los afectos. Huele, por tanto, a madera, y también a barnices que te proporcionan un grato y leve mareo. Pero en segundo plano percibo otro olor que me abraza la pituitaria y que reconozco fácilmente: huele a cocido. Al fondo, en lo que debe de ser la cocina, hierve dentro de una olla exprés un cocido clásico con repollo, patatas, garbanzos, hueso de jamón, morcillo de ternera y carcasa de pollo. De hecho, se oye incluso el soplido del aire que sale a presión por la válvula de la olla. A la lutier que me va a enseñar el chelo le elogio el aroma de su puchero. «Somos muy de cocido en casa», me responde.

Este es el quinto violonchelo que pruebo y me parece que me voy a quedar con él. Es cierto que no distingo en exceso entre todos los que he hecho sonar en estos días. Cualquiera me parecía mejor que el mío de alquiler, eso sin duda. Lo que sí distingo con claridad aquí es el aroma reconfortante del cocido, que llega a mí con la preponderancia de una legión romana. La combinación entre esos efluvios y la promesa visual de buena música es cursi de tan acogedora: solamente me genera metáforas relacionadas con las caricias y el confort de un cachorrito lanudo. Me acuerdo aquí de una frase atribuida a Thoreau. Dicen que pertenece a sus diarios, pero yo no he logrado encontrarla en ellos, sino escrita en un imán de nevera: «Cuando escucho música no le temo a nada. Soy invulnerable. No veo a ningún enemigo. Entro en contacto con los tiempos más antiguos y los más recientes». Cuando escucho música y cuando como cocido, a mí me pasa eso mismo.

ENCUESTA INFORMAL:
¿APRENDISTE MÚSICA DE NIÑO? (1)

«La Consti es ética, la Consti es legal, la Consti es un rollo que nos va». Esta letra pertenece a una canción con la que el grupo de un amigo algo mayor que yo ganó un concurso de rock unos meses después de que aprobaran la Constitución Española de 1978. La Consti es cierto que era claramente *legal*, es decir, que había sido promulgada en diciembre del año anterior; pero los rockeros usaban el adjetivo en ese doble sentido que servía para calificar algo como bueno, agradable, molón: en esos pocos versos se condensan el lenguaje y la actitud de finales de los setenta en España. Pero vuelvo al tema que nos ocupa: alguien ofreció a los miembros de la banda de mi amigo Antonio componer una canción en honor a la nueva Carta Magna para un certamen. Así que se pusieron a ello. Su amigo Rafa escribió la letra, y Antonio, que tocaba la guitarra, creó las armonías y la melodía: esto me lo contó al preguntarle sobre su formación musical escolar. Me interesaba saber si, cuando tocaba acordes, cuando los buscaba en la guitarra para unirlos a otros y componer así la canción, ya comprendía que la música era un sistema sonoro y, en concreto, que la canción que estaba componiendo seguía más o menos las reglas del sistema tonal. Me respondió que no, que él conocía los acordes, y, como tenía buen oído, iba juntando unos con otros, combinándolos cuando notaba que funcionaban bien. Pero saber si lo que estaba tocando estaba en re mayor o si lo que acababa de sonar era una cadencia perfecta o una cadencia rota, eso no lo sabía.

¿Y por qué habría que saber eso? Se me ocurre una respuesta: para que no se nos escape ni el menor detalle de este mundo. Muchos adultos tienen miedo de la teoría musical: lo que quieren es gozar, experimentar, vivir esos verbos tan placenteros que producen una aparente sensación de libertad, pero prefieren ignorar lo que están haciendo, lo que está en juego estético en ese goce. Quizá lo que de verdad teman, aunque inconscientemente, sea encarnar algún estereotipo ligado al conocimiento —el del empollón o el de la niña sabihonda—, como si el saber teórico fuese incompatible con la vida, como si la vida estuviera en otra parte, parafraseando el título de la novela de Kundera. En cambio, para algunos de nosotros —véase quien teclea este párrafo— conocer la mecánica de lo que hacemos es doblemente placentero. Nos parece que la vida está ahí presente mucho más que cuando se mata la tarde entre cañas.

QUÉ FRÍO HACE EN ESTA SOPA

He mentido: el origen real de este proceso de aprendizaje y, de algún modo, también el de este libro, no está vinculado a un cocido reconfortante sino a una sopa fría tradicional de Corea del Norte llamada *naengmyeon*. Cuando digo fría me refiero a gélida, con cubitos de hielo dentro. Y con trozos de pera, carne, verdura en juliana y fideos grises de trigo sarraceno. Eso fue lo que comió Rosi Song en un restaurante coreano de Filadelfia cuando quedé con ella para charlar. Yo pedí otro plato más fácil, el más exportado de la cocina de las dos Coreas: el *bibimbap*, un vistoso combinado de huevo, arroz, carne y verduras que se sirve caliente.

Rosi Song es hispanista. Nació en Corea del Sur, emigró con su familia a Paraguay y se doctoró en estudios hispánicos en Estados Unidos, donde, en el momento de nuestra comida, es profesora universitaria. Le gusta comer rico y ha logrado compaginar su amor por la comida con su profesión; de ahí su último libro, *A Taste of Barcelona*, una historia de la cocina y las prácticas culinarias en Cataluña. Pero para mí lo más destacable de Rosi es que toca el violonchelo desde hace varios años. Es una aficionada comprometida: es decir, si ha de pasar unos meses fuera de Filadelfia por razones diversas, enseguida alquila un violonchelo en su ciudad de acogida y busca un profesor, aunque sea para recibir tres o cuatro clases. Cuando nos vemos —siempre acompañadas de abundante comida y bebida—, yo le repito mi cantinela: le pregunto qué tal va con el chelo, le hago ver, en tonillo quejumbroso, la envidia que me da su afición, y le prometo que «cuando me jubile» (¿tiene algún sentido esa frase para una trabajadora por cuenta propia?) yo también comenzaré a tocar.

—Pues si quieres aprender, empieza ya. Es un instrumento difícil, así que cuanto antes mejor.

Yo, que estoy probando su sopa gris y gélida en ese momento (encuentro coherente que la receta se coma a diario en Corea del Norte), me defiendo argumentando que no me voy a arriesgar a comprar un chelo por si después resulta que apenas le puedo dedicar tiempo, o que no se me da bien y tanto dinero invertido resulta en vano. Ella contraataca:

—Alquílalo en una tienda de instrumentos o en el taller de un constructor durante unos meses. Pruébalo y, si te va bien, te compras uno más adelante.

Más mecanismos de defensa por mi parte: uy, en Madrid no creo que alquilen chelos. Y además ya estamos en junio y enseguida llega el verano. Quizá en septiembre.

No obstante, con el sabor del caldo granizado y la pera todavía en el paladar, me prometo en silencio que haré algunas averiguaciones al respecto nada más volver a casa.

RECUERDO INFANTIL (2)

Lucero Tena es una intérprete de castañuelas, una percusionista especializada en un instrumento folclórico de madera que ha dado lugar en castellano a verbos tan expresivos como «castañetear». En los años ochenta coincidía con ella los sábados en el Teatro Real: mis padres tenían abono para el ciclo de conciertos de la Orquesta Nacional y ella, supongo, también. Yo llevaba mis sempiternos vestidos de tonos pastel con pechera bordada en nido de abeja y mangas cortas de farol que me producían la misma presión en el brazo que la banda elástica que te colocan los enfermeros para facilitar la extracción de sangre. Lucero, en cambio, solía llevar vestidos largos de color negro o rojo, lo que combinaba a la perfección con su pelo oscurísimo, fácilmente comparable con el azabache, el charol o incluso el petróleo. Llevaba un moño muy tirante, un poco a lo Irene de Grecia, la hermana de la reina Sofía. La veíamos en la cafetería del teatro durante el intermedio de los conciertos, pero de lejos, acodada sobre la mesa de gala —mármol, patas doradas con base de garra de felino— en la que lucía expuesto en una urna el violín Stradivarius que había pertenecido al concertista Pablo Sarasate.

Lucero Tena era también una concertista, una *solista*, esas palabras del circo de lo solemne que tanto me impresionaban. ¿Llegaría yo a ser algo así algún día? Era muy improbable: llevaba cuatro o cinco años estudiando piano y solfeo sin mayor interés ni provecho. Me había quedado en un nivel de principiante crónica, por más que repitiera semanalmente los ejercicios para dotar de agilidad a los dedos que figuraban en libros importados de Austria y Hungría. Así no se llega a ser niña prodigio. Para lograrlo hay otras tácticas; por ejemplo, esas a las que se ve sometida actualmente Carrie Hedley, una niña de Nueva Jersey que tiene diez años y toca el violonchelo como una pequeña Jacqueline du Pré, tal como vemos a diario en su cuenta de Instagram. Ya ha interpretado en público el concierto de Saint-Saëns con una orquesta sinfónica, ha tocado en el Carnegie Hall y en algún lugar cercano a la casa de Wolfang Amadeus de Salzburgo. Además, estudia danza clásica en la escuela del American Ballet y actúa en musicales de Broadway tipo *Sonrisas y lágrimas*. La cosa no se detiene ahí: como es tan flexible y no parece ser una niña físicamente timorata, juega al tenis, esquía y vuela en un túnel de viento. ¿Qué cómo tiene tiempo para todo? Porque no va al colegio: recibe una enseñanza personalizada con tutores en casa. Es lo que se llama en inglés una niña *home-schooled*. Y le encanta la química orgánica: en los vídeos que cuelga su madre en Instagram la vemos explicándonos cadenas de aminoácidos por medio de maquetas en tres dimensiones que ella construye como si fuesen collares de bolitas de plástico. También aprende español con entusiasmo y lo habla con un acento mexicano bastante aceptable (ahí la vemos, charlando con su profesor por Skype) y hace sus pinitos en latín. De hecho, se ha presentado al National Latin Exam, una prueba sin valor académico, pero sí simbólico, y no ha fallado ninguna respuesta del examen (su madre, como era de esperar, nos lo hace ver en Instagram). Aún hay más: Carrie participa en talleres de pintura en el Metropolitan Museum. Cuando le preguntan qué quiere ser de mayor dice que bioquímica, para curar el cáncer... ah, y también violonchelista. Y al pedirle que enumere qué instrumentos toca, ahí su voz adquiere un matiz levemente retraído: «Solo toco el chelo... aunque también canto.» Pobre Carrie, ¡qué vergüenza!, solamente toca *un* instrumento (la voz también es uno de ellos, que alguien se lo haga saber para que no se sienta acomplejada).

A veces la graban estudiando chelo en pijama, uno malva de felpa de una sola pieza con estampado de animalitos, con su moño ya cubierto por una redecilla, para salir rauda hacia su clase de ballet. Otras veces su madre la muestra retratada como una pequeña adulta, abrazando su violonchelo, con un leve brillo rosadito en los labios y un discreto colorete. Su madre nos contó una vez a las 52.600 personas que seguimos a Carrie en Instagram sus horarios de verano. En ellos solamente había franjas de quince minutos en las que la cría descansaba un rato, entre el campamento de orquesta infantil, la práctica individual del instrumento, la clase de piano complementario y otras tantas tareas. Estoy tardando en decirlo, pero el nombre real de la niña no es Carrie Hedley. He tenido que cambiarlo porque, a pesar de asistir a los entresijos de su vida diaria por expreso deseo de su madre, puedo ser represaliada si algún buscador encuentra este texto. Una cosa es que alguien te cuente intimidades de un familiar suyo y otra es que tú hagas comentarios al respecto, pensará la fastidiosa madre de Carrie, que siempre responde con desdén a los comentaristas cuando estos se atreven a señalar algún pequeño fallo técnico de su niña prodigio.

Volvamos a pequeña chelista: Carrie es lo que ciertas corrientes New Age llaman una niña índigo. Los niños así tienen el aura de color azul —para quien logre verla— y están dotados de altas capacidades, entre ellas una gran imaginación y espontaneidad. Además, según leo, tienden a rechazar la moral convencional. Qué será de ti, Carrie, si te conviertes en futura mujer índigo.

De todos los niños y niñas chelistas a los que sigo por Instagram, Carrie es mi favorita, por irreal y extrema. Sigo a tantos intérpretes de violonchelo en miniatura que, si yo fuese un hombre, la policía comenzaría a investigarme. Las madres de estos niños-máquina son las que monitorean sus cuentas, tal como indican en las breves líneas de presentación de sus perfiles. En las frases que acompañan los videos que suben, muchas hablan de los niños en tercera persona: «Aquí F, practicando en la cocina de la abuelita». Otras comentan las imágenes usando la primera: «Esta es mi canción favorita de las que tocaré en el concierto», pero, claro, se trata de pura ventriloquia a cargo de sus madres, y nunca de sus padres.

Soy particularmente devota de los críos que estudian vestidos con pijamas que parecen disfraces de tigre o de oso. De esa guisa practican los conciertos de Haydn y de Saint-Saëns. En cambio, las niñas que han debutado como solistas ante el público lo han hecho de largo, con un minivestido vaporoso normalmente violeta o fucsia. Una de ellas, ya no recuerdo de qué país, me da más pena que las demás porque se nota claramente que le obligan a sonreír y a enseñar los dientes mirando a cámara en los vídeos que cuelgan después en Instagram.

Cada vez que me expongo a una sobredosis de este tipo de material suelo hacer esta triste constatación: si quieres dedicarte a la música, tienes que tener unos padres entregados a ti que te conviertan en estrella infantil. Es decir, tus padres han de estar o inmersos en esa mentalidad de triunfo y competitividad que facilita la tarea, o bien en la de lograr la excelencia para evitar terribles represalias. Es decir, tus padres tienen que ser estadounidenses o soviéticos. En ese sentido, la interpretación musical tiene mucho que ver con el circo. Quizá si no existieran esos padres fabricados por los moldes de la cultura del logro o por los de una sociedad autoritaria, no existiría la cantera de solistas que después nos deleita en grabaciones y salas de conciertos. Para mí sería una gran pérdida, así que sigamos fabricando padres exigentes que a su vez fabriquen intérpretes dotados.

Releo el párrafo anterior y me suena cínico: la palabra clave no es «circo», ni «triunfo» ni «competitividad». Es «acompañamiento». Los músicos requieren que se les acompañe durante su aprendizaje. No me refiero solamente a que necesitan pianistas que toquen las armonías mientras ellos, flautistas o chelistas, practican la melodía. Hablo de maestros, de figuras de autoridad que los tengan estudiando un domingo por la mañana, ya sea a cambio de unas monedas o prometiéndoles una futura sesión de videoconsola.

MANOS OCUPADAS

No quiero riesgos en relación con mis manos. Las necesito para llevar a cabo cientos de actividades, lo mismo que la lengua. Las manos y la lengua son las dos partes del cuerpo que más cuido y valoro. Sin ellas no seríamos quienes somos, en cambio sin una oreja o sin pelo podríamos seguir desempeñando casi todas nuestras ocupaciones cotidianas. Lo digo yo y lo dice mucho mejor el teórico del arte Ernst Fischer: «El ser prehumano que se convirtió en hombre pudo llevar a cabo esa evolución porque disponía de un órgano especial, la mano, con la que podía agarrar y sostener los objetos. La mano es el órgano esencial de la cultura, la iniciadora de la humanización».

Con las manos estoy tecleando esto y puedo hacer otro montón de cosas, pero nunca tantas como Hellen Keller, la sordociega estadounidense a la que Anna Sullivan enseñó a leer en braille y, por tanto, a escribir y a comunicarse con cualquier persona. También fue a la universidad, publicó sus memorias y se convirtió en conferenciante. Todo a través de las manos. Se conservan filmaciones en blanco y negro en las que aparece interactuando con otras personas; sus manos, ubicuas. Con ellas palpa labios mientras su interlocutora le cuenta cualquier anécdota. Ha aprendido a leer los movimientos de la boca y a interpretarlos. Y cuando percibe una vibración que emana del suelo —alguien que entra en el cuarto, por ejemplo—, enseguida extiende la mano para comunicarse.

Gracias a Helen Keller es más fácil de comprender que en castellano se diga «tocar» un instrumento musical, y no «jugar» (*play* y *spielen*, en inglés y alemán, respectivamente) o «sonar» (*suonare* en italiano). Tocar, tocar y tocar hasta que te salga callo.

Precisamente en *El artesano*, un ensayo del sociólogo Richard Sennett, se encuentra un elogio de los callos de las manos de los que se dedican a lo artesanal, incluidos los instrumentistas. Sennett explica que estas callosidades constituyen un caso particular de lo que él llama «tacto localizado», que, paradójicamente, no insensibiliza el acto de palpar, sino que estimula la sensibilidad de las yemas de los dedos. Sennett compara la función del callo de los dedos con la del zoom en una cámara fotográfica. Pienso en los pulpos, cuyas extremidades (llamadas incorrectamente «tentáculos») tienen esas características ventosas que emplean para agarrar objetos y desplazarse. Los humanos las han copiado y reproducido en plástico, y una cuelga de la pared de mi baño y sujeta mi cepillo de dientes. Algún día, en una galaxia muy lejana, alguna criatura reproducirá nuestras manos de *Homo sapiens* en plástico y las empleará como jabonera.

EL SABER DE LOS MÚSCULOS

Tras unos meses estudiando violonchelo, ya estoy preparada para algo que provoca tanto miedo y tanta excitación como tirarse a la piscina desde un trampolín alto: cambiar de posición. Es decir, saltar con la mano izquierda por todo el mástil del chelo a ciegas (porque la música no se mira: la música se escucha, como una vez le dijo un profesor a mi propia profesora de chelo). Me siento trapecista de la mano y del brazo, pero una modalidad de trapecista que ejerce sus acrobacias sentada.

¿Cómo y cuándo voy a estar segura de que atinaré con la nota correcta tras dar el salto? Seguridad plena no hay, pero existe a cambio la memoria muscular, y gracias a ella y tras repetir el mismo gesto más de quinientas, mil o cinco mil veces, se acaba acertando de forma supuestamente *natural* con la distancia adecuada. Calia me dice: «Piénsalo como aprender a andar. Los niños pequeños van con miedo, primero ponen un pie, después el otro. Pero para un adulto caminar ya no requiere pensamiento». Me gusta esa opción: algún día tocar el chelo será para mí como andar o bajar escaleras. No tendré que pensarlo demasiado. De hecho, cuando tomo consciencia sobre la precisión que exige bajar una escalera y me detengo en cada uno de los movimientos que han de hacer las piernas y en la coordinación que ha de establecerse entre la izquierda y la derecha, es justamente ahí cuando los niveles de inseguridad suben intolerablemente.

La otra opción es pensar al revés el aprendizaje: nada de «No sabía andar y ahora camino», sino más bien «Tras el accidente me voy rehabilitando». Como si residiera dentro de mí un saber chelístico previo y hubiese que sacarlo con fórceps. Como pensar que dentro de un enorme bloque de mármol veteado se encuentra, intacta, la escultura, que se obtendrá a base de largas sesiones de martillo y cincel. A base de metáforas hay que imaginar la experiencia tan sumamente corporal de tocar un instrumento.

RECUERDO INFANTIL (3)

Teatro Real. 5 de enero de 1980. Cumpleaños de Juan Carlos I. ¿Cómo se le agasaja? Pues llamando al violonchelista Mstislav Rostropóvich para que ofrezca un concierto. Ahí estoy yo con mis padres, comenzando a sentir cierta curiosidad hacia la música clásica. No recuerdo qué repertorio tocaron; guardé durante años ese programa de mano y otros muchos en una caja de lata, pero los tiré todos cuando supe que existía un trastorno mental llamado síndrome de Diógenes cuyos síntomas me resultaban familiares.

Suena el himno de España, interpretado en directo por la Orquesta Nacional, y todos se levantan menos mi padre. ¿Por qué? No acabo de entender si le da pereza ponerse de pie debido a su edad (soy hija de padre mayor) o si su gesto es de índole ideológica. En cualquier caso, yo le imito en su inacción. Me siento muy transgresora —no sé si hacia la derecha o hacia la izquierda—, y encima avalada por un adulto. Con los años descubrí que ellos se inclinaban muy pero muy hacia la derecha. Pero lo importante ahora es Rostropóvich, que en ese momento era una de las estrellas principales del instrumento. Gracias a él se amplió considerablemente el repertorio de obras para violonchelo solista, pues Prokófiev, Shostakóvich, Britten, Lutosławski, Bernstein, Penderecki y Schnittke, entre otros muchos, escribieron conciertos dedicados a él.

En las entrevistas que dio aquellos días a la prensa española se comenta que sus allegados lo llaman Slava, diminutivo de Mstislav, y a mí, varios años después, me entrarán oleadas de envidia al saber que una niña de mi clase de solfeo, hija de músicos, lo conoce y él la ha escuchado tocar el chelo. Lo que hay detrás de esa envidia infantil es la intuición de que siempre seré una muchacha española vulgar y corriente, que comerá filete empanado y veraneará en Levante hasta que el mar inunde la costa mediterránea. En ese momento, soy una pequeña Salieri en una adaptación ibérica de *Amadeus* de Milos Forman. En la película, que vi repetidas veces en videocasete Betamax durante mi infancia y adolescencia, y cuya banda sonora escuché casi tantas veces como la de *Grease*, el compositor italiano Antonio Salieri aparece como el enemigo acérrimo de Mozart. El loquito Wolfi, con su risilla frívola, es un genio, y Salieri lo sabe. Ojo, que Salieri no es que sea mal músico: es maestro de capilla en la Corte Imperial de Viena, pero al detectar el talento de Mozart queda deslumbrado con razón y comienza a autopercibirse como un mediocre sin salvación posible.

En cambio ahora, quién lo diría, yo también pertenezco de algún modo a la escuela rusa de violonchelo. Estoy a dos apretones de mano de ella: mi profesora es de Cuba y estudió, siempre en La Habana, con algunos compatriotas suyos formados en Moscú o Kiev y con maestros de la Unión Soviética. No en la clase 19 del Conservatorio Chaikovski, que era la de Rostropóvich, donde se forjaron chelistas como Ivan Monighetti y Jacqueline du Pré, pero sí en cualquier otra de ese conservatorio situado en la calle Bolshaya Nikitskaya de Moscú, a diez minutos a pie de la plaza Roja. Todo esto me hace sentir un poco parte del bloque soviético, aunque de un bloque soviético embellecido y tremendamente descafeinado.

Se me viene ahora a la cabeza Nadia Comăneci, que nada tiene que ver con el violonchelo, pero sí con el rigor y la disciplina que se les presuponía a todos los ejecutantes de algo difícil y acrobático que vivían del otro lado del Telón de

Acero. Yo, que estoy orgullosa de mi aprovechamiento actual del tiempo (otros considerarán que sigo las directrices de autoexplotación del neoliberalismo, y no les faltará razón), veo muy coherente esta genealogía, esta pertenencia que finalmente ha llegado a mí (¿la pertenencia *le llega* a una?) como el agua cuando se va filtrando por las rendijas y acaba formando una hermosa mancha de humedad. Esa humedad es mi deseo infantil hoy destilado en mi vida adulta.

En cirílico parece aún más difícil

SOPLAR, PULSAR, FROTAR O PERCUTIR

La exposición sobre música en la Antigüedad que visité hace meses en CaixaForum me hizo recordar que casi todo estaba ya inventado hace dos milenios en lo que respecta a los instrumentos musicales. Solo la electrónica aportó su contribución, en muchos casos buscando imitar digitalmente eso otro que hacemos con tanta complicación: soplar, pulsar, frotar y percutir. Como consecuencia de esas acciones manuales o bucales surgieron las tres familias de instrumentos que conocemos hoy: los que se soplan, los que se percuten y los que tienen cuerdas que han de pulsarse o frotarse. Percutir puede implicar desde dar golpes con las manos hasta hacerlo provistos de baquetas u objetos como un tenedor, que desplazado a lo largo de una botella rugosa de Anís del Mono da lugar a un instrumento popular en España.

Así que yo tenía el capricho de la cuerda frotada y en ella estoy. A veces escucho un clarinete y me arrepiento: se lleva de acá para allá con facilidad y juraría que es más sencillo de tocar. Pero ese «tocar» al que me refiero supone dar soplidos y, por tanto, entrenar la respiración. Nunca me las he visto con un instrumento de viento, salvo con la flauta dulce Hohner de plástico que usábamos en el colegio, ese instrumento esencial en la educación musical española de mi generación. Sí he escuchado testimonios de instrumentistas de viento a los que, cuando estudiaban de niños, les hacían tomar consciencia de su respiración a través de ejercicios como soplar una lámina de papel de fumar contra la pared durante el mayor tiempo posible y procurar que no cayese al suelo.

Lo que parece claro para cualquier instrumento es que el sonido ha de fabricarse. El sonido *no está* dentro del instrumento. Quizá sí en el piano, que premia con sonidos aceptables a quienes lo aporrean. El piano enseña los dientes y te deja que se los hurgues; los demás instrumentos son mucho más recatados: les tienes que apartar tú los labios, o más bien los belfos, si pensamos en un animal como un perro o una yegua a los que quisiéramos revisar las encías. No se dejan, nos lo impiden, se rebelan. Los instrumentos son como animales de granja que no quieren ser importunados. Fueron fabricados para sonar, pero nos ponen la tarea lo más difícil que pueden.

Hasta el invento del fonógrafo no existe ninguna grabación sonora. ¿Cómo abordamos con cierta fidelidad interpretativa la música anterior a 1870, entonces? Pues la desciframos mediante partituras y aprendemos a interpretarla a ciegas, como ocurre con el sexo, que al principio es pura imitación de lo visto en películas o en hermanos mayores.

La notación musical tampoco ha variado tanto desde hace dos siglos: no es una maravilla en cuanto a sofisticación, pero no podríamos vivir sin ella. En eso se parece al paraguas, que presta un servicio a menudo deficiente, pero ay de quien se lo olvide en casa si llueve. Por cierto, ¿cuándo va a evolucionar el invento hasta eliminar la fea costumbre de volverse del revés que tiene? ¿En algún momento podremos llevar sobre la cabeza paraguas teledirigidos, como pequeños drones que no sea necesario sujetar con la mano en esa incómoda postura?

EL CORO DE LA PARROQUIA.
RECUERDO ADOLESCENTE (1)

Tengo diecisiete años y canto en el coro de la parroquia de San Jorge. No es mi parroquia, en verdad, yo no tengo parroquia, como tampoco tengo pueblo en el que veranear. Yo simplemente canto en el coro de esa iglesia porque es un coro que viaja. Ha participado en certámenes de canto coral y ha ido de gira más de una vez. Yo me animo a apuntarme con ellos a un tour por Polonia en 1989. El Muro de Berlín está a punto de caer: lo haría en noviembre de ese mismo año, aunque nadie lo supiera todavía en abril, cuando visitamos Varsovia, Cracovia, Stettin y Poznań. Días antes de ir me sobreviene un llanto fuerte, repentino e incomprensible para mí. El llanto quiere decirme que estoy muerta de miedo porque me cae mal toda esa gente homogéneamente católica con la que, en realidad, no quiero viajar a Polonia ni a ningún otro sitio. Es un coro donde abundan los clanes en forma de parentesco o noviazgo formal («Maite es prima de Álvaro y sale con el hermano de Cova»). Entre los integrantes del coro hay varias parejas, algo muy típico de las parroquias: chico conoce a chica decente en el lugar perfecto para entablar contacto con alguien como tú. Además, organizan hasta una fiesta de Nochevieja donde no se bebe alcohol: solo se brinda con un poco de cava o sidra El Gaitero por el nuevo año. Era la manera «sana» de divertirse, según los católicos que yo conocía en ese momento. Después conocería a otros con ideas bastante más ambiciosas acerca del significado de la palabra «diversión».

Volvamos al coro: en él aprendí a macerar el odio. Aprendí también que la no pertenencia a un clan la llevas marcada a fuego como las reses llevan el nombre de la ganadería de sus dueños en los cuartos traseros. Eso lo sabía muy bien Cris, la jefa de la cuerda del grupo de las sopranos, del que yo formaba parte. Su función era dirigir los ensayos y tener listas las partituras de todas. Fuera del coro regentaba una guardería, por lo que estaba acostumbrada a lidiar con niños muy pequeños a diario. A algunas nos trataba como si lo fuéramos, o en realidad bastante peor, porque al fin y al cabo esos mocosos eran sus clientes. A Cris le gustaba demostrar a diario quiénes formaban parte de su clan y quiénes no, por eso las dos o tres personas-satélite que quedábamos al margen –aquella chica guitarrista de pelo corto y yo, por ejemplo– recibíamos un trato frío y displicente. Pero lo bueno de cantar es que, mientras la gente entona en latín, italiano o alemán, tiene la boca ocupada en una tarea incompatible con el chismorreo. Lo mismo ocurre con la danza: mientras se baila no se habla, por eso aprecio tanto ambas artes.

A pesar de los horrores del coro de la parroquia, reconozco que cantar con gente a varias voces distintas genera casi tanto bienestar como el sexo: de repente, saltas hacia el subgrupo que te corresponde por la tesitura de tu voz y buscas el compás en el que se encuentra lo que están entonando. Y ahí, a la buena de Dios, intentas sumarte a la canción, probablemente haciendo un playback previo a la invención de esta técnica. «Riu, riu, chiu», «Más vale trocar que estar sin amores», «Il est bel et bon»: he ahí algunos los grandes hits de la polifonía renacentista que sonaban en mi coro como en una radiofórmula autogestionada. Pero también había canciones para lucirse estilo Orfeón Donostiarra. Por ejemplo, «El menú», cuya gracia se encontraba en su letra, que no era sino la descripción de una serie de platos propios de un banquete de postín en el comedor del Café Iruña de Bilbao. La canción incluía una broma recurrente nada más entonar el «huevos al gratin»: alguien, normalmente uno de los varones, sacaba un mecherito Bic que encendía apuntando a la entrepierna del vaquero de otro, simulando un incendio en la zona.

Nunca sabré si la experiencia de cantar bien —cuando digo bien me refiero a *muy bien*— es superior a la de tocar un instrumento. Intuyo que llevar puesto en el cuerpo el instrumento genera mayor unión con él, pero, al mismo tiempo, los cantantes se pierden el abrazo de oso que le damos al violonchelo quienes lo tocamos.

AMAZONAS DEL CHELO

Me gustaría escribir un ensayo sobre los intérpretes de música clásica y su relación con la moda. En él haría ver que la solemnidad aparejada a este tipo de música se ha contagiado a la ropa de sus intérpretes. Llevan incrustado bien dentro el siglo XIX y su propensión a la ropa de gala, así que les atrae el charol como a las urracas el oro (ya he mencionado aquí el charol, ese cuero lustroso recubierto de laca tan asociado con la elegancia y el lujo). Les atrae también esa estética de traje de noche rigurosamente negro con incrustaciones de pedrería (en las orquestas alemanas han de ser largos y no deben dejar ver apenas carne, me cuenta una amiga que conoce ese mundo). Las cosas están cambiando, pero para que cambien ahora tuvieron que cambiar antes en sucesivas ocasiones. En el siglo XIX no había violonchelistas mujeres. Se toleraba a las violinistas aunque la postura que adoptaban al tocar fuese algo antinatural, pero la idea de una mujer abierta de piernas con un instrumento de madera entremedias resultaba claramente un exceso.

En 1860, la revista *Musical World* hablaba de lo grotesca que resultaba una mujer tocando el violonchelo. Se tuvo que inventar la pica retráctil —que sale de la parte baja del instrumento y se clava en el suelo— para que las mujeres pudiesen convertirse, literalmente, en las amazonas del chelo y tocarlo de lado, sin necesidad de sujetarlo entre las piernas, pues ya la pica hacía esa labor. Obviamente, la técnica se resentía, pero a quién le importa la técnica cuando lo que está en juego es la decencia.

Otra opción que encontraron para solucionar este problema fue que las intérpretes femeninas vistiesen unos trajes con mucho vuelo y caída, de tela similar a la cretona, de modo que no se distinguiera con claridad dónde estaban los pliegues del tejido y dónde los muslos. Todo sea por la decencia, una vez más. Yo, chica del siglo XXI, encuentro sin problemas indumentaria apta para tocar, aunque es cierto que los días que voy a clase descarto ponerme rebecas o camisas con botones, pues resuenan contra la parte trasera del instrumento, y también evito llevar cualquier asomo de bisutería en las orejas por si rozan con el mástil. Ahora bien, los enredones de pelo en las clavijas son un mal incombatible: aún no he encontrado el corte de pelo idóneo para chelistas.

La primera instrumentista sexy que recuerdo fue la alemana Anne-Sophie Mutter. De niña era la protegida de Herbert von Karajan y tocaba bajo su batuta como solista. Después se hizo mayor y se convirtió en una mujer robusta y atractiva, del tipo jaquetona (cualquier excusa es buena para emplear este adjetivo tan elocuente). Cuando actuaba vestía los tradicionales trajes de gala monocromos, de alguna tela brillante y con caída como seda o raso y —lo más importante— con los hombros al descubierto.

Ya en el siglo XXI se me ocurren un montón de intérpretes femeninas sexis. Aparte de las *prima donnas* del canto como Cecilia Bartoli o Anna Netrebko, que siempre han estado muy cerca del glamur propio de las celebridades hollywoodienses, pienso en la violonchelista argentina Sol Gabetta, con sus *bicepscitos* marcados que nunca darán paso a brazos colganderos, o en la joven violinista norteamericana Hilary Hahn. En cambio, las pianistas que se me vienen a la cabeza son más adustas, más con aspecto de frau Rottenmeier o de bibliotecaria arquetípica. Por ejemplo, Alicia de Larrocha en España o la francesa Ginette Neveu, que murió en un accidente de aviación en 1940.

Mi actitud favorita, si se pudiese elegir entre un catálogo de «estilos de comportamiento para músicos clásicos», es la de la pianista portuguesa Maria João Pires, que durante años se negó a grabar con Deutsche Grammophon, cansada de ver la importancia que le daban a la imagen de los músicos en las carátulas de los discos. En sus cubiertas ella aparece retratada con su pelo corto, y, en lo posible, siempre junto a un piano. Y no mucho más nos hace falta para querer escucharla.

LIBRO DE HORAS

Un curso académico de instrumento, medido en horas de clase, consistiría en un total de cuarenta, si pensamos en una lección de una hora semanal durante diez meses. Las horas de clase particular de lo que sea –idiomas, música, matemáticas– van siempre espaciadas en el tiempo para que los maestros asistan a sorbitos a nuestros progresos. ¿Qué ocurriría si las recibiéramos todas seguidas, o a lo largo de una semana, como si se tratase de una jornada laboral a tiempo completo? Equivaldría a engullir en un breve lapso toda la comida prevista para un mes: una mesa rebosante de pechugas de pollo, treinta tostadas de desayuno, paquetes de pasta y arroz, varias coliflores, docenas de albóndigas, marmitas de sopa, un melón y una sandía enteros...

Durante esas clases particulares, en esos sesenta minutos que pasan dos personas en un aula, lo que sucede nada tiene que ver con la toma de apuntes propia de las lecciones masificadas de la facultad a la que acudí en mi veintena. En una clase de instrumento los dos sujetos están en constante actividad. No sirve el escaqueo, el a mí que no me mire, que no me sé la lección. Si no has estudiado, se nota a la legua.

Hoy traigo el *Cappriccio n.º 5* de Dall'Abaco y cuando toco la segunda parte se oyen sonidos parásitos, unas estridencias que recuerdan a los chillidos de un cerdo de algún pueblo extremeño durante la matanza, o a los de una familia de ratas neoyorquinas peleándose por un trozo de bagel, a elegir. El porqué de los chirridos siempre se debe a una de las dos manos, eso es fácil de adivinar: o a la derecha (porque está rozando una cuerda que no debe o porque no controla bien el arco y ha tomado un camino serpenteante que no le corresponde) o a la izquierda, cuya misión es pisar las notas en el mástil: si las pisa con poco vigor se oyen poco nítidas, distorsionadas. Para enderezar esos sonidos hay que acudir a recursos pedagógicos varios. La caricatura sonora es uno de ellos: «Voy a imitarte, pero exagerando» es una frase que Calia repite mucho. A mi yo de trece años le haría sentir tremendamente mal, como si una apisonadora pasase por encima de su quebradiza autoestima. A mi yo de ahora, en cambio, le parece una táctica muy ilustrativa, útil para entender dónde radican los escollos. La palabra «escollo» nos hace pensar en orografía, en desniveles, zonas rocosas y accidentes geográficos que hay que evitar o atravesar al recorrer una zona difícil. Y es que ciertas piezas musicales –la gran mayoría– son territorios complicados, nada de pampas con puro horizonte a la vista, nada de llanuras holandesas en las que montar en bicis que ni siquiera necesitan marchas.

Otra opción para ayudar a mejorar el sonido y, sobre todo, la interpretación es contar historias que sirvan como metáfora. Pensar la pieza musical como una narración con sus personajes y sus momentos diversos: épicos, de transición, de calma. En esto la madre-helicóptero de Carrie Hedley es una experta: dirige una academia de violín para niños y a veces ella misma aparece en Instagram dando alguna clase a criaturas que aún no saben atarse los zapatos ni manejar los cubiertos, pero que ya sacan sonido con el arco a las cuatro cuerdas de su violín diminuto. En este caso, Karen, la madre de Carrie, está dando clase a una niña llamada Olivia. Trabajan una pieza del método Suzuki titulada «El coro de los cazadores» procedente de la ópera *El cazador furtivo* de Weber y arreglada aquí para hacerla accesible a los diminutos aprendices.

La niña toca las notas y Karen le hace ver que a algunas de ellas ha de imprimirles más energía y fuerza, como imitando los pasos de un cazador que camina por el bosque. Karen le pregunta a Olivia: «¿Has visto alguna vez un cazador, aunque sea en una película?». La niña niega con la cabeza, así que la profesora se ve obligada a describirle el atuendo y los ademanes de uno de ellos: «Llevan botas muy pesadas, con suela gruesa, y muchas capas de ropa, y un sombrero, por eso al caminar por el bosque hacen ruido». La expresión de la cara de la niña no cambia apenas. Está claro que no está sufriendo una epifanía, que la escena de los cazadores y sus botas de campo no le ayuda apenas nada a modificar su interpretación. Por más que esta música sea programática, es decir, trate de representar la realidad a la que se refiere (los pasos de un cazador en el bosque), es muy difícil que lo consiga si los intérpretes no ponen de su parte. Comprendo a la pequeña Olivia, que no ha sido expuesta todavía a escenas de caza de ningún tipo. Yo a su edad probablemente ya había visto alguna película británica donde se recreaba la caza del zorro, o incluso me sonaba algún fragmento de *La escopeta nacional* de Berlanga. Pero a mí nadie me enseñó a tocar «El coro de los cazadores» en el violín a los cuatro años.

La diletante, alegre en su perpetua diletancia

EL GIMNASTA DEL PIANO

Panzada de llorar en el recital de Sokolov (su nombre de pila es Grigori pero es costumbre referirse a los solistas solo por su apellido: Pollini, Rubinstein, Argerich..., como si fueran empleados de una oficina de poca monta y nosotros sus jefes). Acudo a escucharlo porque la revista musical *Scherzo* organiza anualmente un ciclo de grandes pianistas y alguien amable de la organización me regala una entrada. Es de los pocos ciclos de música clásica en los que, entre el público, se ven algunas celebridades. No me refiero a gente que podría aparecer en *Sálvame* o en algún otro reality televisivo, sino a personalidades del mundillo del arte y la cultura (leo después en la revista *Scherzo* la crítica del concierto, donde se menciona que en la sala estaba el expresidente Zapatero). Me pregunto si esa gente también asiste a conciertos que paga de su bolsillo, si en su casa escuchan música por iniciativa propia, si todavía compran recopilatorios de la integral de las sinfonías de Mahler o de los cuartetos de cuerda de Beethoven. Me lo pregunto porque, por alguna razón no exenta de prejuicios, dudo de que así sea.

Hoy el público de la sala sinfónica es algo más joven que el de otros conciertos y lo achaco de nuevo a lo glamuroso del ciclo, en el que los pianistas vivos más prestigiosos vienen a arrullarnos con sus versiones del repertorio más exigente, por ejemplo, de Chopin y Rajmáninov. Esta tarde Sokolov nos tiene preparadas cuatro polonesas del primero y los diez preludios opus 23 del segundo.

A menos de un minuto del comienzo del recital, muchos móviles siguen iluminados y en acción. Parecen aquellos mecheros Bic que encendían en los años noventa los asistentes a conciertos multitudinarios cuando su vocalista favorito cantaba una balada. Muestro mi desdén hacia sus propietarios —los del móvil y, de paso, los de aquellos mecheros Bic— con bufidos y gestos reprobatorios y justamente entonces me acuerdo del puntero láser que me señaló una vez en el Teatro Colón de Buenos Aires. Durante un viaje mío a Argentina, mi prima porteña me invitó a un concierto de la filarmónica de la ciudad en ese templo sagrado de la música. Las entradas correspondían a la franja llamada «Cazuela de pie», es decir, el primer anillo por encima de los palcos altos, y por debajo de otros llamados «Tertulia», «Galería alta» y, por fin, «Paraíso», con su encantador eufemismo que hace creer a los que se encuentran allí arriba que sus butacas son las mejores del teatro. En efecto, la cazuela era *de pie*, como su nombre indica. Por suerte, mi prima, melómana e ingeniosa a partes iguales, llevaba siempre con ella dos taburetes plegables de aluminio como los que usan los aficionados a la pesca o al excursionismo cuando necesitan reposar las piernas. Así que nos sentamos en ellos, ladeadas (las rodillas no nos cabían si tratábamos de colocarlas frente al escenario) y yo, al empezar el concierto, no pude evitar sacar unas fotitos para presumir después en alguna red social. De repente, una luz roja molesta se paseó por mi cara. ¿De dónde procedía? De un lateral del patio de butacas, concretamente de una acomodadora del teatro, cuya misión era afear la conducta de los adictos a conservar imágenes a cualquier precio como yo. Muerta de vergüenza, guardé enseguida el móvil, recordando de inmediato aquella leyenda que atemorizaba a los niños de mi generación: si te hacías pis dentro de la piscina, un llamativo círculo rojo generado por un producto químico te rodearía para hacerte sentir una vergüenza eterna. Nunca vi tal círculo en una piscina, y mira que puse empeño en escudriñar pises ajenos; en cambio, un haz de luz roja me señaló por mi mal comportamiento en el Colón.

En el Auditorio Nacional, los móviles siguen en acción entre polonesa y polonesa: son de gente de más de cincuenta y cinco años que retrata a Sokolov y graba compulsivamente fragmentos de su interpretación. Mientras tanto, yo me he dejado abierto el grifo del llanto y me pego una lloradera de las que agotan, y que por eso mismo le hacen tanto bien al espíritu como varias horas de gimnasio al cuerpo. Es un lloro nostálgico cuyo origen, lo veo claro, está vinculado con la gimnasia rítmica. En concreto, con Nadia Comăneci y su compatriota Ecaterina Szabo, y, por qué no, con Mariya Filátova (a la que yo llamaba «Filetova», porque los comentaristas de Televisión Española pronunciaban el acento tónico en la «o» y su apellido me sonaba a patronímico de bistec) e incluso con Mary-Lou Retton, la estadounidense que salía a ejecutar sus tablas de gimnasia artística vestida con un maillot blanco estampado con las barras y estrellas de su bandera, prenda que yo envidiaba como pocas cosas en la vida. Las polonesas de Chopin, en especial la op. 53 n.º 6 en la bemol mayor, que sonaba tan brillante y triunfal, eran a menudo la ambientación musical de esas tablas de suelo que ellas finalizaban con el característico gesto de elevar los brazos arqueando la espalda hasta extremos sorprendentes.

Al salir del Auditorio no me dan ganas de invadir Polonia, como le pasaba a Woody Allen cuando escuchaba a Wagner, sino de combatir junto a sus soldados, con mosquetes y carabinas, durante el levantamiento de 1830 contra Rusia, tal es la emoción que me invade, no solo por la interpretación de Sokolov sino también por el recuerdo de aquellas gimnastas menudas que se movían al ritmo de las polonesas. Así que al llegar a casa me pongo a buscar en Youtube finales de olimpiadas en las que participaran esas gimnastas y allí aparecen ellas en Montreal 76, Moscú 80 y Los Ángeles 84. Es cierto que el repertorio romántico para piano es muy frecuente en sus acompañamientos –lo escucho en un entrenamiento de

Mariya Filátova con un maestro repetidor al piano, nada de radiocasete con música grabada–, pero también se escuchaban obras orquestales, casi siempre clásicas. Comăneci hace cabriolas al ritmo de «O sole mío» en el Moscú del osito Misha y Ecaterina Szabo eligió *Rapsody in Blue* de Gershwin para la final de Los Ángeles. Una vez más la música clásica se encarga de arropar la belleza del cuerpo y sus movimientos.

EL OTORRINO Y LOS HERZIOS

Es molesta la sensación de tener los oídos tapados, como si me hubiese entrado agua al bucear. Me ocurre con frecuencia, a pesar de que no buceo desde los diez años. En el momento que ahora evoco tengo cuarenta y uno, así que debe de tratarse de un tapón de cera. Pido hora en un otorrino del seguro médico para que me lo quite, o para que dé con lo que tengo. La consulta es la antesala del infierno estético: nada más entrar allí todos nos convertimos en las personas peor vestidas y menos atractivas del planeta España por obra de la intensa luz fluorescente del techo, que potencia nuestras imperfecciones. Da igual que lleves ropa del mejor tweed, de corte impecable y recién estrenada: en la sala de espera del médico del seguro tu vestimenta parece proceder de unos saldos perennes de ropa defectuosa.

Me recibe el doctor Castro Cuerpo. Un médico mayor, adusto, que lleva más de treinta y cinco años escudriñando interiores de orejas y gargantas. Indaga en los míos y llega a la conclusión de que no hay tapón de cera que valga. Es mi clásica tubaritis, producida por la rinitis seca crónica que padezco (probablemente consecuencia de haber vivido casi siempre en la meseta castellana), la que me produce esa sensación equívoca en el oído.

Lo siguiente que me hace es una prueba de audición para descartar pérdidas auditivas. Para llevarla a cabo agarra un diapasón de una mesita donde hay varios, junto a otros instrumentos metálicos cuidadosamente dispuestos sobre una tela de algodón blanco. Me lo pega al entrecejo y me pregunta si oigo algo. Perfectamente, le digo con una voz extremadamente jovial, para que en ningún momento pueda pensar que tengo algún defecto de audición. Pero además aprovecho para marcarme un farolillo. Es un atrevimiento que puede salirme mal, pero ahí voy, me lanzo: «¿Puede ser que ese diapasón sea de unos 500 herzios?», le pregunto. La cifra que le doy procede de los rápidos cálculos que he hecho al escuchar que su sonido es más agudo que el típico la empleado para afinar en orquestas y coros, cuya frecuencia es de 440 herzios siempre o casi siempre. Me parece que tiene pinta de ser un do, y como a cada medio tono ascendente hay que sumarle unos 25 herzios de diferencia, ese sonido tendría por tanto unos 60 herzios más que el la con el que afinan los músicos.

Al doctor Castro Cuerpo se le iluminan los ojos cuando mira el diapasón. Al momento me dice, con la emoción propia de un científico que ha obtenido buenos resultados en su experimento: «¡Tiene 512 herzios!». Está ante una paciente que le habla *en herzios*, en el idioma de las ondas sonoras. Como si le hubieran administrado una dosis instantánea del suero de la verdad, deja atrás su laconismo y me cuenta que él siempre quiso aprender música, que tocaba un poco la guitarra pero que no llegó a estudiarla seriamente, que cada vez que puede va al Auditorio a escuchar a la Orquesta Nacional. La cola de pacientes se alarga, así que hemos de dejar nuestra charla sobre temas sonoros para otra consulta.

HAZ LO QUE QUIERAS CONMIGO

¿Qué hace con nosotros la música? Tiene un poder para el cosquilleo y para la evocación que ya lo quisiera la literatura. Entra directamente por ese par de orificios escondidos en las orejas, excita cócleas, martillos, yunques y estribos, y se instala ahí, bien dentro. La analogía más cercana con la experiencia musical sería la de abrir un bote de Vicks VapoRub, ese ungüento mentolado que, según decía la publicidad, «Se frota y basta», y aplicarlo directamente en los agujeros de la nariz. Es más, lo voy a hacer ahora mismo. Un momento, que ahora vuelvo.

[...]

En efecto: el mentol, el alcanfor, el timol, la esencia de eucalipto y la de trementina que contiene la fórmula entran por las vías respiratorias para, acto seguido, descender hasta los bronquios. No hay duda posible en la sensación: te sobreviene ese frescor penetrante, inversamente proporcional a darle una calada a un habano sin estar acostumbrada pero igual de intenso. Te invade ese mentol como te invadirían esa humareda y ese sabor tosco y rudo a hoja de tabaco seca y quemada. Por algo en el siglo XVII surgió la teoría de los afectos en Alemania (*Affektenlehre*), que comparaba la música con la retórica. La música te podría llegar a vender una enciclopedia de cincuenta tomos si llamase a la puerta de tu casa.

En el violonchelo hay un par de obras que mueven los afectos con una pujanza insólita. Son «El cisne» de Saint-Saëns y «Salut d'Amour» de Elgar. En ellas la voz del instrumento se muestra particularmente melodramática, llegando a lo *bizcochón*, como dice una amiga rica en vocablos regionales del norte de España. Para intensificar esa emoción almibarada, los instrumentos de arco tienen un recurso inmejorable: el *vibrato*. Al mover muy rápido y de atrás adelante el dedo de la mano izquierda que corresponda se consigue este efecto reverberante de modo totalmente artesanal. En el *vibrato* del chelo también entra en juego la muñeca, y para conseguir aunque sea una pizca de resonancia hay que rotarla en vaivén. La mejor analogía para describir el gesto es la de la mano de la reina Isabel II saludando a su pueblo, especialmente en su versión convertida en muñeca de plástico adquirible en tiendas de regalos. Accionada por energía solar (la plaquita está hábilmente camuflada en su bolso negro), la monarca británica saluda incesante con su mano derecha enfundada en un guante blanco sin saber que, con este saludo, además de dirigirse a su pueblo, está practicando uno de los recursos más empleados en el violonchelo.

DEDOS

Tamborilear: estupendo verbo que se emplea creo que exclusivamente cuando los dedos imitan a un tambor, cuando percuten rítmicamente sobre una superficie. Tamborilear es otro de esos ruiditos molestos para los misofónos. Sí, a ti te pregunto: ¿puedes hacer con tus dedos lo que yo hago con los míos? Mira cómo los levanto por parejas: ahora el meñique y el corazón, solo esos dos alternativamente. Los otros se quedan pegados a la mesa. Lo mismo con el índice y el anular: mientras los demás reposan, ellos hacen su redoble modesto. Independencia de los dedos se llama eso, e implica años de práctica. Sobre una mesa soy una virtuosa del ejercicio, pero soy consciente de lo poco que se valora mi habilidad. Otra cosa es que se muevan con esa destreza sobre el teclado de un piano o el mástil de un violín o una guitarra. Entre las microdestrezas de poca utilidad que algunos poseen, esta es una de las mías. En un mundo paralelo en el que los curricula de los trabajadores valorasen principalmente lo inútil, yo podría incluir eso como gran rasgo psicomotriz.

VIAJE AL ESTE DEL EDÉN.
RECUERDO ADOLESCENTE (2)

Acabo de llegar a Varsovia con el coro en el que canto. Es nuestra primera noche y nos van a alojar en casas de familias polacas ultracatólicas; por algo somos feligreses de una parroquia madrileña de rompe y rasga, de las de iglesia con cúpula y jardín propio.

Nos sentamos en el salón parroquial esperando ser asignados a las distintas familias. Las paredes están decoradas con enormes fotos de fetos abortados (sí, «fotos de fetos» suena, además, cacofónico). Son imágenes de muy poca calidad: estamos en 1989 y a la impresión en gran formato aún le queda mucho por evolucionar. Nuestro guía y traductor polaco va anunciando los alojamientos posibles en función de nuestro sexo y según si queremos ir solos, a dúo o incluso en trío: «La familia Sokolowski puede alojar a dos chicas. Hablan ruso y alemán»; «Los Wozniak tienen sitio para un chico y hablan algo de inglés». Ante cada anuncio se levantaba uno de nosotros. Al principio, solamente los más osados; después, ya por cansancio y ganas de cenar, los demás. Era una extraña audición en la que todos éramos a la vez los que elegíamos y los seleccionados. Yo esperé a una familia que alojase a una chica sola: me parecía más coherente con la idea de aventura y, ante todo, me resultaba inquietante la figura de una compatriota testigo de mi neceser y mi pijama, una compañera de cuarto con la que estaría obligada a charlar sin ganas y que anularía la parte más estimulante del viaje, esa experiencia de estar sola en un país extranjero con gente desconocida que no habla tu idioma.

Así que me levanté cuando una madre y su hija de unos ocho años, que hablaban la misma cantidad de alemán que yo —unas veinte palabras—, dijeron que alojaban a una chica. No recuerdo sus nombres. Sí recuerdo que las escaleras del edificio eran de ese color verde agua que a mí entonces me recordaba a la posguerra de cualquier país europeo, y que había triciclos y juguetes infantiles en los descansillos de cada piso. No estábamos en verdad en ninguna posguerra, sino más bien en los albores del nombramiento de Lech Walesa como presidente del país. El Muro de Berlín se estaba agrietando tanto que cualquier albañil ibérico habría sugerido sustituirlo por uno de pladur.

Mi anfitriona me dio para cenar sopa de sobre. Si su color rojo no engañaba, la sopa llevaba tomate. Como la chica bien educada que ya era entonces, me la comí. Solo ahora me doy cuenta de que ya en aquel momento habitaba en mí una consumidora occidental exigente con el diseño de envases, por eso reparé en que el sobre de la sopa polaca era feúcho: desvaído incluso al tacto y carente de reclamos visuales. Simplemente contenía palabras en una lengua incomprensible y fecunda en consonantes. En cambio, las de Knorr o Maggi que yo comía en mi casa —jamás le hacía ascos a una sopa jardinera de fideos y verduras deshidratadas— venían dentro de alegres sobres de colores brillantes y tacto satinado. La paradoja es que, con el paso del tiempo y el modo en que se han ido moldeando mis gustos y criterios estéticos, aquellos envoltorios polacos hoy me resultarían fascinantes por deliciosamente anticuados.

Por la mañana desayuné algo lácteo, no recuerdo si manchado o no de té, café o achicoria, y dos rebanadas de un pan muy recio y oscuro, hermano del que ahora compro a precios desorbitantes en la panadería ecológica que acaban de abrir en mi barrio.

Mi anfitriona polaca y su hija (¿cómo se llamaban?, qué pena no haber llevado un diario de aquel viaje) me acompañaron al autocar que nos llevaría a Cracovia, a Poznań y a las demás paradas de nuestra minigira. El resto del coro empezaba a arremolinarse en torno al vehículo, acompañados por sus respectivas familias de acogida. Cuando hice el gesto de darles un beso de despedida a mis anfitrionas, tanto la madre como la hija apartaron la cara sin disimulo. Me hicieron una especie de «cobra de mejilla» que traté de comprender otorgándole un valor simbólico relacionado con los sufrimientos del pueblo polaco durante la Segunda Guerra Mundial: pensé que para ellos un beso era un gesto que sellaba una despedida trágica o quizá una traición, como el que Judas le propinó a Cristo, y que, con eso en mente, se resistían a dármelo. Ese *mchuic* banalizado por mí era algo muy serio para mis anfitrionas, quise pensar mientras veía cómo el resto de las familias besaban a sus alegres muchachos y muchachas coristas sin que el ademán conllevase mayor trascendencia.

Meses después recibí una cartita de ambas en polaco con un dibujo de la hija. Quizá ahí estaba la explicación de su conducta. Me arrepiento de no haber hecho el esfuerzo de buscar un diccionario polaco-castellano en alguna biblioteca para entender lo que querían decirme.

El traje azul eléctrico de tela de cortinas que vestíamos en los conciertos me esperaba en la maleta. Llegamos a cantar en lugares insospechados; por ejemplo, en los barracones del campo de concentración de Birkenau. De allí tengo una foto pálida y desenfocada, como casi todas las de aquella época, donde el coro aparece cantando entre estructuras de madera carcomida mientras el cura dirige nuestro canto, probablemente el *Ave Verum* de Mozart u otra pieza de música sacra católica (yo también hacía fotos en momentos totalmente inadecuados). No sé si valoro o no el gesto de cantar en el epicentro del espanto: se parece al de tocar el chelo en las ruinas de la biblioteca de Sarajevo. Vedran Smailović fue el chelista que se hizo famoso por hacer sonar su instrumento entre aquellos escombros, y no tocó solamente en la biblioteca sino también en diversos funerales durante el sitio de Sarajevo. No tengo la respuesta al dilema de si la belleza de la música, al sonar en espacios donde han ocurrido atrocidades, contribuye involuntariamente a ocultar el horror y, en consecuencia, el efecto acústico más apropiado para un no-lugar de ese calibre debería ser el silencio.

ATRINCHERADA

Philip Larkin, uno de los grandes misántropos de la lírica, escribió un poema en el que desdeña sin tapujos la vida social. Se titula «Vers de société» e incluye unos versos más incisivos que un dardo, valga la imagen manida. Son estos:

pensad en cuánto tiempo libre se ha escurrido

hacia la nada porque uno lo llenó
con caras y cubiertos, en vez de aprovecharlo
bajo una lámpara, oyendo cómo sopla el viento
y asomándose a ver la luna convertida
en navaja afilada por el aire.

A los cuarenta y bastantes años me niego a que el tiempo se me escurra hacia la nada solo para ver a cambio cientos de caras y cubiertos. Los cubiertos que frecuento, principalmente con mango colorido de plástico, me salen ya por las orejas. Lo mismo me pasa con el queso que yo misma parto en cubitos en las reuniones que organizo en casa. Ahora que se me olvidan cada vez más a menudo los nombres, las personas para mí son precisamente eso: caras con o sin pelo, con o sin gafas, con o sin vello facial. Por eso ejerzo más y más el plan larkiniano de pasar horas bajo una lámpara. Imagino que en el poema se está refiriendo a leer alumbrado por una buena bombilla, cosa que también practico, pero últimamente está ganando terreno la partitura sobre el atril, bajo ese punto de luz LED que, como suele ocurrir, es de IKEA.

ENCUESTA INFORMAL:
¿APRENDISTE MÚSICA DE NIÑO? (2)

R. me cuenta que sus padres tenían unos amigos con dos hijos, niño y niña, a los que obligaron a tocar instrumentos. A él le daban pena esos niños que, por el capricho de los padres, llevaban una vida distinta a la de los críos españoles de su edad. Mientras los demás entrenaban para jugar los partidos de baloncesto de la liguilla infantil, a estos otros los tenían ensayando durante horas en casa. «Lunes antes de almorzar, una niña fue a jugar pero no pudo jugar porque tenía que planchar»: así cantaban los payasos de la tele aquella canción cuyo machismo intrínseco ya ni necesito mencionar, y que en el caso de los niños músicos podría transformarse en «una niña fue a jugar, pero no pudo jugar porque tenía que tocar». O solfear, o ir a clase de conjunto coral. No lo veo muy distinto del baloncesto ni del voleibol, ni para los niños ni para esos padres que se desviven por llevar a sus hijos cada fin de semana a participar en el campeonato. En verdad, lo veo mucho más higiénico y libre de contusiones y de sangrados nasales.

Al final, tocar un instrumento es practicar un deporte que suena, aunque para los adolescentes no tenga ni un ápice de glamur esta práctica semiimpuesta por sus padres. Al hilo de esto, mi amiga M. me hace ver la vergüenza que padece su hijo de dieciséis años por tocar el violonchelo. Lejos de presumir de su talento ante sus primeros ligues —ya consigue tocar alguna suite de Bach—, lo que hace es ocultarlo, pero literalmente: cada vez que una chica viene a pasar un rato a su casa, él esconde el chelo y las partituras apresuradamente. No quiere que se corra la voz de que toca esa antigualla, ese armatoste de madera que ni siquiera se carga por USB. Es lo contrario a Woody Allen en *Sueños de un seductor*, que para tratar de conquistar a una mujer esparcía estratégicamente libros abiertos y discos de Béla Bartók y Oscar Peterson por toda la casa.

IMPROVISAD, IMPROVISAD, MALDITOS

Cómo explicar el corsé mental que se me ciñe siempre que me piden que improvise, tanto en mi pasado de teclista como en mi presente de chelista. Me entran intensas ganas de llorar, de emitir sollozos de niña que, al ver en la pizarra la cadena de fracciones esperando ser sumadas, sabe que no tiene ni idea de cómo hacer el cálculo, que desconoce esa técnica especial que le permitiría sumar dos tercios y un octavo, y que ante eso no hay improvisación posible.

La palabra «improvisar» es de las peor entendidas del planeta, al menos en lo que respecta a la música. A los que son capaces de improvisar con soltura se les considera dioses, y se presupone que cualquier músico debería ser un buen improvisador. Recordemos que la música servía para amenizar veladas, y sigue sirviendo para ello en cruceros, hoteles del litoral y otros lugares donde se sirve alcohol. Pues venga, improvisad, os lo ordeno: que vuelen vuestros dedos por el teclado con facilidad sin que los oyentes tengan que lamentar daños sonoros; que vuestras caras muestren lo relajados que estáis al hacer eso que para vosotros es un juego y para los demás una hazaña inalcanzable. ¡Improvisad, improvisad, malditos!

Improvisar es lo que hacemos cuando conocemos un sistema complejo al dedillo y nos permitimos alterarlo un poco, siempre con un patrón de fondo, generando leves variaciones sobre la gramática del sistema en cuestión. Improvisar es lo que hacemos cada día al hablar en público, al pedirle a la farmacéutica la medicina para esa tos improductiva que empezó teniendo mucosidad pero ahora parece mucho más seca. No llevamos partitura al mostrador del establecimiento; franqueamos sin guion la puerta de la farmacia de la licenciada Pinilla Domenech y ante ella comenzamos a hablar, sabiendo solamente que el adjetivo en femenino singular («seca») concuerda con el sustantivo de igual género («tos»), y otros aspectos de esa índole. A veces nos faltan las palabras («una... *tosecilla*, como una flema») porque en verdad desconocemos toda la jerga médica en lo relativo a las afecciones broncorrespiratorias.

La música es un idioma, lo que ocurre es que no dominamos sus reglas como las de nuestra lengua materna. Solo esos hijos de músicos y esos niños que a los seis años ya tocan obras para instrumento solista con gorro de orejas de Mickey dominan la semántica, la sintaxis y la gramática musicales. A los mayores nos cuesta una barbaridad pronunciar de modo correcto, ser comprendidos melódicamente. Bastante tarea tengo yo con producir notas que suenen bien (no sirve solo con que *suenen*) como para poder irme por las ramas.

RUSIA EN MI ESTÓMAGO

Por el momento, y probablemente durante varios años, el repertorio ruso para violonchelo me supera. Tengo claro que no podré tocar nunca las *Variaciones Rococó* de Chaikovski, ni tampoco los conciertos o sonatas de Shostakóvich. Son tan difíciles para mí como lo era Chopin en mis tiempos de estudiante de piano: llegué a asomarme a alguno de sus preludios y valses, pero las polaquísimas polonesas, llenas de acordes y de saltos sin red por el teclado, se me hacían imposibles.

En cambio, el repertorio italiano para violonchelo –las sonatas de Vivaldi, de Benedetto Marcelo o de Giovanni Battista Cirri– ya me está diciendo a lo lejos «Pruébame», cosa que las partituras rusas no hacen ni por asomo, aun cuando a mí cada vez me apetezca más sentirme un poco rusa, un poco *retrorrusa*, un poco soviética más bien, en una Rusia fantaseada previa a la caída del Muro (pero cercana, por si las moscas), en una Rusia con las iniciales CCCP inscritas en la espalda de algún chándal de poliéster. Me estoy refiriendo a la Rusia de mi infancia, la de principios de los ochenta, cuando los coros y danzas del ejército ruso venían al Palacio de los Deportes de Madrid cada año y mis padres me llevaban religiosamente a escucharlos y verlos moverse acompasados en escena. Era un clásico para mí asistir al espectáculo de aquella tropa de señores y señoras cantando y bailando «Kalinka» y otras melodías folclóricas de su país con blusas blancas de mangas abullonadas. Algunas de sus canciones incluían un solo de voz varonil, no sé si de tenor o de barítono, práctica que fue parodiada por Les Luthiers en su «Oi Gadóñaya» escrita en un castellano de tintes rusos que incluía versos tontos y a la vez muy divertidos como «Basta balalaika, enseñanza laica / viña etrusca añeja, la lleva o la deja».

Hace décadas que no veo anunciados los coros y danzas del ejército ruso en Madrid. ¿Tendrían éxito si se programaran en un teatro? No me parece que la palabra «ejército» tenga tirón para publicitar hoy un espectáculo, pero me equivoco: compruebo que en los últimos años han hecho giras por España, empleando ese argumento de venta cuantitativo que suele funcionar bien: «¡Más de cien artistas en escena!». Yo me llevo perdiendo todo este tiempo a esos más de cien artistas, y hoy, ahora mismo, me compraría una entrada para verlos en directo: equivaldría a una inmersión total en el alma rusa sin salir de Madrid, pues cien rusos en escena no son poca cosa.

Mientras tanto, y como compensación, echo mano del aprendizaje de la lengua gracias a Duolingo, la aplicación que te enseña docenas de idiomas a base de frases delirantes como «Este cocodrilo no es un calcetín». Pero no nos engañemos: junto a la música, otra vía de acceso directo a una cultura es la comida. Así que voy a cocinar algo ruso. Buscando por ahí, me decanto por una receta estival: la sopa *okroshka*, aunque todavía estemos en invierno. Leo que se considera el gazpacho ruso, por lo refrescante. Será entonces lo contrario de la nutritiva sopa *borscht* de remolacha que comen en casi todos los países del este de Europa.

Me pongo entonces a buscar variantes posibles de la *okroshka*. Para cocinarla he de comprar patatas, huevos, pepino, rabanitos y, como aderezo, eneldo fresco y cebolletas. Todo eso se consigue en este país mediterráneo en el que vivo: darme cuenta de ello me acerca afectivamente a Rusia. Algunas versiones de la sopa incluyen también una especie de carne procesada en forma de salchicha gorda que mi religión de lo saludable no me permite ingerir. Pero se puede sustituir por pavo en lonchas o jamón cocido, según dice el muchacho jovial que comenta los aspectos culturales de la *okroshka* en uno de los vídeos que veo antes de prepararla. También cuenta que esa carne tan *low-key* —en sus propias palabras, pues el vídeo está en inglés— era muy popular en tiempos soviéticos, de ahí lo extendido de su uso.

¿Y el caldo, con qué se elabora? En muchas recetas sugieren cubrir las verduras, el huevo y la carne, previamente cortados en daditos, con kéfir, pero todas ellas te aclaran que es porque probablemente en tu ciudad no puedas encontrar el verdadero ingrediente del caldo: el *kvas*, un tipo de refresco elaborado a base de pan de centeno macerado durante un tiempo con levadura, azúcar y algunas hierbas o incluso frutas. Yo quiero autenticidad, quiero sentir lo ruso en mi yeyuno, así que me persono en un pequeño ultramarinos eslavo llamado Extra, situado detrás de la estación de Atocha. Allí el cirílico reina como alfabeto en los envases. Venden más o menos lo que esperaba: arenques en salazón en un mostrador, pepinillos, otros encurtidos de miles de marcas y también, en la sección de congelados, *pierogi* y *pelmeni*, el equivalente ruso de los raviolis. Todo ello muy del gusto de los residentes en Madrid de ascendencia eslava, que son los principales clientes del negocio.

Yo pregunto por el *kvas*. Es decir, el KBAC. La empleada me dice que tiene botellas de dos litros o latas de medio. Le pregunto si lo podría fabricar yo en casa y sonríe haciéndome ver que necesitaría un cubo para ello, que no se hace sumergiendo un trozo de pan viejo en un vaso. Ya, que lo hacen señoras con pañuelo de flores anudado en la nuca y el rostro curtido por el frío y no cualquiera en su piso de Madrid. Le explico que es para cocinar una *okroshka* y, como es buena vendedora, me hace ver que si compro la botella de dos litros después me puedo beber el kvas como refresco. Me ha convencido: me hago con una botella de color marrón cuya etiqueta me resulta inquietante y, ante todo, fea. Parece bruñida, como si fuese de bronce, y tiene una casa dibujada: un caserón que podría aparecer en una novela del Stephen King ruso, si lo hubiera.

Por si acaso, también compro un tarro de kéfir de oveja en el herbolario de mi calle. Solo por si acaso.

Así que llego a casa dispuesta a elaborar mi gazpacho ruso. Troceo los ingredientes en dados con esmero, meto en un cuenco parte de la mezcla –no toda, aparto más o menos la mitad– y vierto por encima el caldo frío pariente de la Coca-Cola.

No está buena la *okroshka* de *kvas*. No comprendo a qué sabe. Musicalmente no sería Shostakóvich, ni Prokófiev, ni Rimski-Kórsakov ni Glinka. Musicalmente sería una obra atonal ruidista con alguna pincelada folk. Es cierto que para elaborar el *kvas* ha tenido que macerarse en agua el pan con levadura durante un tiempo, es cierto también que se considera una variante de la cerveza artesanal, tan popular en Rusia que llegó a haber vendedores ambulantes de *kvas*. Es cierto que es fruto de una larga tradición, y que, tal como la describen por ahí, tiene un «exquisito y terroso sabor a malta», pero por esta vez hago oídos sordos al folclore, o más bien paladar sordo, y opto por mi plan B: me sirvo el resto de los ingredientes en otro cuenco y vierto por encima el kéfir, que resulta más sólido de lo que pensaba. Esto sí es comestible. Esto sí lo entiende mi paladar, en teoría abierto a nuevas experiencias. De hecho, visualmente se parece mucho a una ensaladilla rusa, así no me siento tan alejada culinariamente de esas latitudes.

Ni camuflado en taza segoviana se deja beber

INSTRUMENTOS Y ANIMALES SALVAJES

Del violín se dice que suena a gato, pero no muchos saben que todo violonchelo lleva dentro un lobo. No es una metáfora inventada por mí, es una realidad con la que, como toda chelista, yo también me topé. Por causas físico-acústicas relacionadas con el tamaño del instrumento, en ciertas notas se produce un aullido de lobo. Leo por ahí sobre las causas con más precisión: «El lobo se ocasiona cuando la frecuencia de la nota que vibra coincide con la frecuencia de resonancia de la caja del violonchelo». Decir esto y nada viene a ser lo mismo para quienes sabemos poco de acústica. Lo que ocurre es que una nota suena mal y esto no tiene que ver con la calidad del instrumento. Los chelos caros pueden tener un lobo salvaje disfrazado de abuela de Caperucita ahí dentro. Pero, para acallarlo, los humanos inventaron un maravilloso cilindrito de bronce niquelado: el matalobos. No es un nombre coloquial elegido con gracejo en castellano: se emplea también en alemán (lengua que, por ignorancia, nunca asociamos con el gracejo) y se dice *Wolftöter*, que se traduce exactamente por «matalobos».

MOVIMIENTOS NATURALES

Señor reumatólogo, aquí le traigo los resultados de las pruebas que me pidió: la radiografía de las cervicales y el electromiograma del antebrazo y las muñecas («Motivo de consulta: posible síndrome del túnel del carpo»). Le recuerdo que vine a la consulta hace una semana porque se me duermen las manos durante la noche y además, escuche, escuche cómo me suena la muñeca derecha cuando la muevo: me hace cliqui-cliqui. ¿Tendrá que ver con que llevo ya más de un año estudiando violonchelo?

El doctor, otro ejemplar de médico casi setentón, serio y circunspecto pero afable, como a mí me gusta que sean los doctores, mira atento la radiografía y el resultado de la prueba: No tienes nada en el túnel del carpo, confirma («Registro dentro de los límites normales. Sin datos de neuropatía focal de nervios medianos en carpo»). Pero a ver, que yo me aclare, ¿puedo seguir tocando el chelo? ¿Cree que el sonidito de la muñeca irá a más, desembocará en artrosis? Al final todos tendremos artrosis, me explica, pero claro, haciendo movimientos repetitivos y poco naturales se desarrollará antes.

¿Cuáles son los movimientos naturales para un adulto del siglo XXI? Quizá el doctor piense que la escritura a mano es algo natural: como la gente del Paleolítico superior dibujaba bisontes, venimos genéticamente preparados para esos gestos. ¿Es, por tanto, el lanzamiento de jabalinas para cazar animales y proveernos del alimento necesario otro movimiento natural? ¿Y lo es también el acto de arrancar bulbos de la tierra con la espalda arqueada? ¿Y para las mujeres, lo son los movimientos asociados al acto de amamantar y despiojar a sus crías? Fijémonos en los demás primates: babuinos, chimpancés y orangutanes. Quizá sus movimientos sean los que deberíamos considerar verdaderamente naturales para nosotros.

Entre las páginas del posible catálogo de movimientos naturales, tocar el violonchelo claramente no figura. Por no entretener más al doctor, al que se le agrupan los pacientes en la sala de espera con iluminación antiestética, como suelen serlo todas, no le formulo las preguntas que me siguen viniendo a la mente: ¿Cuándo finalizó lo natural y comenzó lo artificial, lo forzado? La lectura es también antinatural, eso de abrir entre los brazos un libro y mirar hacia abajo durante largo rato no lo hacen los animales (los vuelvo a mencionar porque parece que en ellos se encuentra la esencia de lo carente de artificio, de lo genuino). Tampoco es natural hacer ganchillo: la mano, al principio, no entiende por qué ha de retorcerse guiando la hebra a través de esa aguja curvada, por qué ha de repetir una y otra vez ese gesto que no había hecho nunca. El de mirar el móvil es ahora el más común, ¿se convertirá algún día no muy lejano en gesto natural?

Me parece que, en la lista de los verdaderamente naturales, solo podría aparecer el movimiento instintivo por antonomasia: el de copular.

La muñeca me suena cliqui-cliqui. Que la meta en agua templada, que haga pesas de medio kilo para fortalecer el batallón de musculitos que hay en esa zona, dice el doctor Serio. Ese milagro de la anatomía, construido a base de tendones, huesitos y músculos, no estaba preparado para que a mis cuarenta largos lo violentase de esta manera, parece decirme el doctor con su mirada líquida.

Entonces lo natural sería no tocar ningún instrumento, aunque, al ver un telerreportaje emitido por la cadena vasca Euskal Telebista en 2013 dedicado a las cuatro generaciones de músicos guipuzcoanos que integran la familia Silguero, tiendo a pensar lo contrario. Entrevistan al patriarca de la familia, Josetxo, hijo de una pianista ya fallecida. También intervienen un par de hijos suyos –Josetxo junior y Juan Jesús– y tres de sus nietos. Para los Silguero, tocar un instrumento es aprender un oficio. Todos los que aparecen en el reportaje son instrumentistas de viento: «Del chupete pasamos a la boquilla», dice Josetxo junior. Juanje Silguero, flauta solista de la banda municipal de Bilbao, recuerda que su padre le daba los domingos 25 pesetas si practicaba una hora más de lo que le correspondía. También se menciona, aunque no aparece, la niña prodigio de la familia: María Eugenia. Es violonchelista de una orquesta española y de pequeña tocó ante Rostropóvich en una de las visitas del chelista ruso a España (si no has tocado de niña ante Rostropóvich, no eres nadie). Los demás hermanos de María Eugenia son muy talentosos también, pero es difícil ver niños prodigio de cinco años tocando virtuosamente la tuba. Apenas se fabrican instrumentos adaptados a su medida; por tanto, esos pulmones infantiles no pueden soplar con la suficiente potencia los instrumentos de viento hasta cumplir unos años más. Olvidémoslo: la fantasía de tener en la familia un minitubista de cinco años es poco viable.

Finalmente, la causa de la parestesia que padezco, lo de los dedos dormidos, no viene exclusivamente de tocar el chelo, al que no le dedico más de una hora al día. Se localiza en las cervicales debido a otra práctica muy natural en el siglo XXI: los atracones de ordenador portátil, que me obligan a pasar más de seis horas al día con el cuello apuntando ligeramente hacia abajo para mirar la pantalla. Comprarme un monitor de mesa mejoraría las cosas.

Tienes el cuello como un palo, me dice el doctor. «Rectificación de cuello» es el diagnóstico, que nada tiene que ver con algún tipo de corrección cervical, sino con su excesiva rigidez. El médico lo apunta meticulosamente en una de sus fichas, que después guarda en un archivador metálico bajo la mirada atenta de un Cristo crucificado.

PÓNGAME UN ARCO DE SEISCIENTOS EUROS

A mis trece años fui por primera y última vez a patinar sobre hielo. Sucedió un verano en un lugar anodino del norte de Inglaterra, durante un curso intensivo de inglés. La torpeza, inseguridad y descoordinación motoras que padecía a esa edad eran llamativas. Me calcé los patines blancos de cuchillas con cierta naturalidad: en aquel momento se veía mucha televisión en España, y yo era adicta a la «caja tonta», como la llamaban entonces con desprecio, así que estaba acostumbrada a tragarme horas de campeonatos de patinaje sobre hielo en la pantalla Telefunken Palcolor del salón de mi casa. Una vez montada sobre aquella especie de zancos metálicos vi que la cosa pintaba muy mal. Me engañaban los patines haciéndome creer que tras calzármelos se obraría el milagro, ese deslizarse fácil y fluidamente por el hielo como si llevase en los pies una versión blanca de los chapines de rubí de Dorothy en *El mago de Oz* o una especie de zapatos con alas en forma de cuchilla.

Pues exactamente así esperaba yo que fuese el arco de seiscientos euros que probé con la idea de comprarlo, aunque puedo encontrar también otras metáforas más relacionadas con objetos que se sujetan con la mano. Por ejemplo, lo imaginaba como una espada láser o como el pincel de un calígrafo chino que recorre el papel con naturalidad mientras va dejando una huella intensa de tinta. El arco de seiscientos euros me lo ofreció mi lutier (me siento María Antonieta al escribir esta frase). Yo le había mostrado mi intención de subir un escalón de calidad en mi instrumento sin cambiarlo, es decir, a base de añadirle bisutería. Me dijo que unas cuerdas nuevas harían mucho, así que las cambié por un juego de lujo de la marca Evah Pirazzi. Con cada sonido feúcho que yo producía, ellas parecían decirme: «No nos puedes culpar a nosotras. Eres tú la que no sabe sacarnos lo mejor». A decir verdad, me alivió esa nueva situación de claridad. Localizar la raíz del mal es el primer paso: en la medicina, en las relaciones, en todo.

Para que probase el arco y le diera mi veredicto me lo prestaría durante unas horas, porque justamente tenía que acercarse a mi barrio esa mañana. Me iba a prestar un arco de madera de pernambuco, me iba a prestar el fruto de la evolución técnico-artística de varios siglos de música occidental. Me iba a prestar un invento que al principio sirvió también para lanzar flechas y después se sofisticó hasta extremos insospechados.

Lo pruebo. Es claramente más flexible que el mío el arco de seiscientos euros de madera de pernambuco, con crines de caballo que se han de frotar con resina para que agarren bien al pasarlas después por las cuerdas (ay, tocar instrumentos de cuerda es especista, me acabo de dar cuenta). Produce un sonido algo más fuerte, más brillante (choco aquí de nuevo con las dificultades para explicar detalles acerca de lo sonoro). Según me explica el lutier, las crines son lo de menos, lo importante es la calidad de la madera. Está bien que a una le den indicaciones sobre los aspectos en los que debe reparar, porque si no, ni se da cuenta.

Pero volvía cíclicamente a tocar con mi arco viejo y más o menos obtenía la misma sensación. Los obstáculos eran muy similares, no se obraba ese patinaje sobre hielo de juegos olímpicos de invierno, no se obraban los 9,9 puntos que otorgaban los jurados a las mejores patinadoras. Hija, llevas año y medio, qué quieres, me digo en alto. Hora de decidir, se acaba el tiempo de prueba. Por un lado, esta es mi gran pasión y merece todas mis atenciones y cuidados; es mi perro: hay que comprarle sus juguetes de goma, su pienso vitaminado de buena marca, su escudilla para el agua y la comida. Por otro lado, seiscientos euros es lo que cuesta un sofá cama de IKEA de los más cómodos (¡otra vez IKEA!) Seiscientos euros son también unos ochenta gin-tonics, que —eso sí lo tengo claro— nunca llegaré a beber a lo largo del tiempo que me queda de vida. Seiscientos euros son sesenta menús del día de diez euros, de los de guisantes rehogados con tacos gordos de jamón salado y contramuslo de pollo con patatas panadera, postre o café. Esos sí voy a comérmelos, de aquí a unos tres años, imagino.

Al final opté por invertir ese dinero en algunos menús del día y en otro tipo de gastos mensuales rutinarios. El arco caro no me hacía volar tan alto como fantaseaba. Le pedimos mucho a seiscientos euros.

LO LLAMAN COMPARTIR

Ayer me fijé en un veinteañero asiático-alemán o germano-asiático en un café de Madrid donde sirven huevos rancheros y tostadas con aguacate. Estaba fotografiando su comida con una buena cámara Canon. Hasta ahí todo normal en este siglo, si no fuese porque se puso un buen rato de pie *sobre* la silla para obtener una vista cenital del sustento tan bien presentado que acababan de servirle. ¿Tanto esfuerzo se debe a que es reportero gráfico o más bien a que esa fotografía irá de inmediato a su cuenta de Instagram? Probablemente lo segundo, y no debería culparle por ello, que yo también he caído en esas tentaciones. El año pasado recogí unos manojos de romero junto a lo que los folletos turísticos aseguran que es la casa donde nació Leonardo da Vinci en –adivinen– Vinci, muy cerca de Florencia, y lo usé para cocinar un pollo. Me moría de unas estúpidas ganas de compartir con gente desconocida la foto de mi guiso condimentado con el romero que crece en el jardín que Leonardo vio de niño. Alguien en una empresa de California nos ha creado esa necesidad de que todos estén al tanto de cada paso que damos. Pues bien, en lo que respecta a la música, yo tengo el antídoto contra esa necesidad imperante de hacerle escuchar al mundo mis escalas y arpegios o mis ejercicios en cuerda al aire a sesenta la negra (es decir, a una nota de las llamadas «negras» por segundo, dado que el minuto se compone de sesenta segundos): suenan tan pobres mis escalas que, por vergüenza torera. no osaría compartirlas en un vídeo. Al pasar el arco por la cuerda lentamente solo consigo una modalidad de afonía sonora cuya única virtud es que la fabrico yo misma, como una mermelada de una fruta insípida. Fabricar sonidos que el viento se lleva es de las actividades menos contaminantes que conozco.

UN DELIRIO MUSICAL

Los tablaos flamencos son para guiris. Yo misma estaba de acuerdo con esta extendida opinión hasta ayer, que es cuando fui por primera vez al Corral de la Morería. Toda la vida oyendo hablar del Corral y pasando por delante de él de camino a la plaza de las Vistillas, pero jamás se me había ocurrido reservar para asistir a uno de sus espectáculos. Las ventajas de ser una persona vinculada con la prensa me han llevado hasta allí, y son de verdad valiosas esas ventajas, porque a mí y a mi acompañante nos dan una mesa frente al escenario, donde vemos hasta el sudor de los intérpretes. Nunca nos dan la espalda los bailaores o cantaores, ni nos muestran sus nalgas o su coronilla: siempre tenemos de frente o de perfil a Inma la Carbonera, a El Yiyo y a otras glorias del nuevo flamenco que yo desconozco. Se *arrancan* (¡ese verbo maravilloso y local!) por bulerías, fandangos o lo que sea, comienzan a bailar, tocar y cantar y yo empiezo a darme cuenta de que, por ósmosis, por haber vivido desde niña en España, hay en mí una pequeña dosis de saber en lo que respecta al flamenco. No me resultan ajenos los palos ni los instrumentos, por ejemplo, el cajón, una incorporación que trajo Paco de Lucía tras escucharlo por las calles de Perú. En su día resultó aberrante para los puristas, y ahora no hay espectáculo flamenco sin su cajón. Las mujeres que querían tocarlo también se veían en problemas, como las chelistas de antaño. Noelia Heredia, La Negri, la única percusionista flamenca de España, lo sabe muy bien.

Durante el espectáculo se activa de nuevo en mi cabeza una fantasía que lleva años acompañándome: resulta que, de repente y a pesar de mis gafas redondas de montura gruesa de color negro, mis faldas sin volantes y mis botas planas, soy una excelente guitarrista flamenca. Así son las cosas. He dejado atrás la guitarra clásica y me he consagrado a la flamenca. Tengo las uñas de la mano derecha más largas que las de la izquierda, ¿lo veis? Para seguir aprendiendo y mejorando, desde adolescente he pedido a los más grandes maestros que me enseñen sus técnicas. Al principio, todos ellos se mostraban reticentes: hombres adustos, muy endógamos, de pocas palabras. No creían en mí, con mi ridícula estética aniñada, con mi hablar redichito de Madrid, pero nada más escucharme tocar, todos los Montoya y Heredia del universo caen rendidos a mis pies y me respetan. He pasado varios meses en Sevilla yendo a clases en el barrio de las 3.000 viviendas —«Las tres mil»— donde viven muchos de los grandes del toque. He conocido la excitación que proporciona estar en la trastienda, en los lugares semiprohibidos donde se cuece de verdad el arte, pero sin tener que renunciar a lo que soy. Esa es mi fantasía recurrente, la de ser un elefante en una cristalería, un pulpo en un garaje, pero en mi caso, plenamente adaptada a ese lugar donde mi presencia no se espera ni por asomo.

CUÁNTO DURA UNA HORA

Hoy he visto varios vídeos de Lucy the Little Musician. Es una niña australiana de siete años. Otra de *esas* niñas. Toca el piano, el violín y el violonchelo. Antes de ir al colegio practica alguno de sus tres instrumentos. ¿Eligió ella tocar los tres y no logró decidirse por ninguno o le obligaron a estudiarlos todos? Nunca sabremos los entresijos de cómo fue que Little Lucy tenga hoy tres criaturas sonoras que alimentar. Se parece a la gente que, en los buffets de desayuno de los hoteles, se llena el plato con huevos revueltos, salchichas, minicruasanes, rodajas de piña, lonchas de pavo y queso, panceta frita y cualquier otro producto que ofrezcan sin pararse ni un minuto a pensar si realmente se va a poder comer todo eso.

No dejo de preguntarme de dónde sale el tiempo del que disponen Lucy y esos otros niños músicos. ¿Han hecho acopio de horas y horas, como quien guarda en una hucha la paga extra, y por eso pueden disponer de más minutos que los demás? Es inevitable: la práctica musical invita a reflexionar sobre la gestión del tiempo. Vuelvo, por tanto, a mi ensayista de cabecera, Richard Sennett: «De acuerdo con una medida de uso común, para producir un maestro carpintero o músico hacen falta diez mil horas de experiencia». Así que pensemos en una máquina aparatosa de las que dibujan en los cómics, un invento de algún científico loco. Si se mete a alguien en esa máquina durante diez minutos, gracias a una serie de procesos muy sofisticados que ocurren dentro (desde fuera solo vemos luces y oímos sonidos de película de ciencia ficción retro), el individuo sufre una serie de mejoras psico-motrices que equivalen a esas diez mil horas de práctica. Al salir se habrá convertido en un profesional. (Desde aquí oigo los aplausos).

Lo meticuloso, tan característico de las profesiones artesanales, también está presente en la cocina. La cantidad de tiempo que acarrea hacer un cocido no es desdeñable, y más si se hace en cacerola y no en olla exprés. El caldo del cocido es la prueba final: ha de recibir la sustancia de todas las carnes, legumbres y hortalizas que han participado en el proceso. Si falta sabor, es que ha faltado tiempo. Un caldo de cocido de sabor potente es fruto de una gran inversión de tiempo, mucho más en una olla tradicional que en una Magefesa de cocción rápida. A algunos puede no merecerles la pena la espera y optarán por trocear un tomate y rociarlo con aceite: esa será su comida, también sabrosa, en cualquier caso. Pero no olviden que para elaborar ese aceite, ese oro líquido (con esta denominación resulta más vendible para turistas nórdicos), ha hecho falta casi un año. Y también para que madure el tomate, aunque sea de invernadero. Obtener algo de buena calidad requiere meticulosidad y esmero, ya lo elaboremos los humanos o la naturaleza. Hasta Little Lucy empieza a comprenderlo.

ÉRASE UNA VEZ BOCCHERINI

El minueto más famoso de Boccherini dice algo así rítmicamente: Nananananá-náa-na-nananá (es imposible tararear por escrito una melodía, ni me molesto en hacerlo). Se empleaba como sintonía de un anuncio muy célebre de miel de la Granja San Francisco, una empresa española, y también como canción de apertura de una serie de dibujos animados europea de los años ochenta: *Érase una vez el espacio*. ¿Se reconoce mejor con estos datos?

Estoy estudiando una adaptación para violonchelo de la pieza, arreglada por el señor Shinichi Suzuki en su libro tercero. Parece compuesta para que la cante el violonchelo con su registro de tenor, aunque en verdad la voz cantante en su versión original italiana la lleva, como de costumbre, el violín. Es muy emocionante tocar una pieza «conocida»: aunque no suene ni por asomo como se esperaría, la voluntad y el optimismo de los músicos principiantes arreglan imaginariamente cualquier error sonoro. Si alguien me pidiera que la interpretase en público, al escucharla se sentiría muy decepcionado. Las cinco primeras notas le darían la clave: «Ah, sí, es esta pieza tan famosa», pero enseguida el oyente iría escuchando cómo me voy metiendo por carreteras secundarias, por caminos embarrados que me dificultan mantener un paso ágil. Ay, aquí he desafinado, ay, en este cambio de posición me he tirado a la piscina, pero en la piscina no había agua.

Boccherini vivió un tiempo en Madrid: hay una placa que indica que se instaló en una casa de Lavapiés, en el número cinco de la calle Jesús y María. Fue compositor de la corte y le supo sacar partido musical a las noches madrileñas con su *Serenata de las calles de Madrid op. 30.* Uno de sus movimientos, el pasacalle, aparece en la película *Master and Commander,* de ahí que sea conocido y tarareable, como sucede con muchas piezas clásicas. Aquí me acuerdo de Luis Cobos y sus casetes de recopilaciones de fragmentos célebres, todos ellos con un chunda-chunda rítmico permanente. Me da tristeza la idea de «facilitar» la escucha a los oyentes a base de golpetear rítmicamente con un sintetizador e intuyo que mi tristeza sería clasificable como elitista.

ESTE DEDITO COMPRÓ UN HUEVITO

Los dedos de mi mano izquierda son ahora mis hijos o, más bien, una colección de cachorritos de gato que me he agenciado. Los de la derecha, como trabajan en bloque para accionar el arco, los percibo de modo más neutral. El meñique de la mano izquierda, llamado cuarto dedo en el violonchelo y quinto en el piano —en eso me recuerda a Carlos I de España y V de Alemania—, es como el cachorro destetado de la camada, el que no llega a la ubre y por tanto no se alimenta lo suficiente. Está débil el cuarto dedo del chelo, quinto del piano. Está débil y es finito, pero ya tiene un poco de callo en un lateral. Ese y el índice son los que muestran más acusadamente sus durezas. Yo, que no he llevado a cabo trabajos duros de labranza ni de curtido de cuero o talabartería, ahora tengo callos en los dedos. Son un orgullo mis callos incipientes: muestran mis horas de estudio como los anillos en el tronco de un árbol exhiben su edad. ¿Cuántas horas hacen falta para que salga un callo? Veinticinco o treinta como mínimo. Me gusta dialogar con mis callos: cuanto más duros y cartilaginosos los noto, más cantidad de trabajo invertido en el estudio del chelo parecen comunicarme.

Muchos violinistas y violistas tienen también su seña identitaria: una mancha rosácea en la parte izquierda del cuello. Como la piel de esa zona es delicada, el roce constante con el instrumento deja esa huella que, supongo, enorgullece a los que la lucen. Podría servir también como pista para que Sherlock Holmes detectara que la sospechosa de turno, además de hábil ladrona de diamantes, es una profesional del violín. No hay que leerla como una cicatriz sino como una marca de fábrica. Coloquialmente la llaman «el chupón», para otorgarle un carácter libidinoso.

Tengo la esperanza de que mis dedos de la mano izquierda acaben siendo horrendamente chatos para que los arqueólogos del futuro puedan decir: «Esta mujer pulsó repetidas veces cuerdas metálicas, algunas de tungsteno, otras de acero. También se detectan partículas de wolframio y de cromo en sus yemas». Tocar un instrumento es, en general, incompatible con una manicura elaborada. Esto es una excelente noticia para una onicófaga como yo, siempre acomplejada ante mis uñas nada pulcras, nada *adultas*, diría.

LA MADRE DEL ARTISTA

Si hace quince años me hubieran dicho que cada día miraría con expectación una pantallita en busca de vídeos en los que aparece una niña norteamericana tocando el chelo, diciendo monerías y haciendo ballet o ejercicios de química orgánica no me lo creería. A principios de 2020, a poco más de un año de cumplir cincuenta, lo hago. Hoy Carrie está respondiendo a una entrevista. Es como una videoconferencia, y la señora que le hace preguntas sobre sus aficiones, sus horarios y costumbres aparece en la pantalla de un móvil. Ese móvil está colocado en alto, en el marco de una estructura dotada de un altavoz circular. Nunca había visto algo así, y al tenerlo ante los ojos se me cae el mundo a los pies: así que los vídeos de Carrie tocando el chelo en pijama de conejitos con su moño de ballet no los graba su mamá con el iPhone o el Samsung de turno, sino que son en realidad vídeos profesionales con aspecto de inocentes grabaciones domésticas.

¿Cómo serán los niños prodigio sometidos a esa presión cuando sean mayores? Yevgueni Kisin, un pianista ruso de mi edad, es un caso similar. Viajaba con su madre a todas partes y buscaba su aprobación y la de su profesora en cada concierto. Ahora tiene cuarenta y ocho años y está casado. Miraría horas de viejas grabaciones –probablemente tendrían que ser en VHS o Betamax– sobre cómo el joven y tímido Yevgueni logró atraer a una hembra, aunque me temo que no existen. Un día merendé con él y otra gente en Madrid. Kisin se vino a la reunión del Club de Yiddish madrileño porque estaba aprendiendo la lengua en la que escuchaba hablar a sus abuelos judíos y le hacía ilusión practicarla con un grupo de argentinos residentes en España y alguna española perteneciente al subgrupo «elefantes en cristalería» como yo. Participó bastante en la conversación, hablando íntegramente en yiddish, siempre con una expresión circunspecta en la cara. Cantó también con nosotros «Oyfn Pripetshik», la canción en yiddish de M. M. Warshawsky que se hizo célebre por formar parte de la banda sonora de *La lista de Schindler*. Yo lo miraba con atención: tenía ante mí a un verdadero superdotado musical de mi edad, un adulto profesional de la música que en su infancia fue niño prodigio. Con esas manos con las que tocaba a Lizst y a Rajmáninov se estaba comiendo ahora un sandwichito de ensaladilla rusa, alimento coherente con su nacionalidad. Pero basta de fetichizar las manos de los instrumentistas: es todo su aparato locomotor lo que es prodigioso, la capacidad de coordinación entre brazos, manos y pies (el piano tiene también dos pedales, no lo olvidemos).

Kissin llevaba una camisa blanca con botones rojos, debo decir que estilosa, ¿o acaso los que fueron niños prodigio están obligados a ir perpetuamente vestidos de marinerito? En el documental sobre él, titulado *El don de la música*, da mucha más pena que en la vida real. Él mismo cuenta que de niño tenía siempre neumonía y se dedicaba a componer desde la cama. Por alguna razón, no me sorprende esta anécdota, pues la afección pulmonar y el esputo los asocio estrechamente con una Rusia tanto zarista como soviética. Me parece casi natural que el niño Kissin padeciese neumonías recurrentes, ya que vivía en Moscú. En ese documental, grabado en 1998, sí lograron hacer de él un personaje, mostrando su fragilidad además de su talento. En cambio, cuando lo veo de nuevo en las fotos y en el vídeo que yo misma grabé durante la reunión, me resulta un tipo del montón, con buen pelazo pero sin mucho don de gentes. Una de las chicas del grupo me contó que, en un gesto afectuoso, ella le tocó un brazo sin darse mucha cuenta y él, por lo visto, dio un respingo ante el atrevimiento. Eso ya me cuadra más con la idea de niño prodigio que tengo en mente.

DEL CHUPETE A LA BOQUILLA (2)

Un viaje de pocas horas a Bilbao me lleva a tomarme un muestrario de pintxos con uno de los protagonistas de aquel reportaje que le dedicó Euskal Telebista a los Silguero, la familia irunesa de cuatro generaciones de músicos. Es Juanje Silguero, que sale de ensayar con la banda municipal de Bilbao. Deja la flauta en su casa y se baja conmigo al Casco Viejo.

Le pregunto a Juanje cómo va la cuarta generación de músicos de la familia, si sus hijos y sobrinos siguen estudiando un instrumento, aunque no tengan pensado dedicarse profesionalmente a ello. La respuesta es descorazonadora: sus dos hijos, hoy estudiantes universitarios, han aparcado los instrumentos. La hija mayor tocaba la guitarra y el menor la trompeta, y hoy ambos instrumentos descansan en el trastero de la casa. Los sobrinos que aparecían en el reportaje tocando instrumentos de viento tampoco siguen con la música. «Es mucho esfuerzo, exige mucha disciplina y ahora los niños no la tienen», me dice. Otra vez se me vienen a la cabeza la madre de Carrie Hedley, la de Yevgueni Kisin, la de Nadia Comăneci y otros representantes de la exigencia formativa. ¿Era buena o mala la política del bloque soviético al respecto? ¿Es mejor dejar a la gente que haga lo que quiera? ¿Y si lo que quieren hacer son puras tonterías? ¿Quién marca la división entre lo importante y la pura tontería? Para asomarme a las respuestas, debería retirarme a leer textos incluidos en el temario de carreras como Filosofía y Ciencia Política.

MÁS RUSOS

Salgo *rusificada* del teatro tras escuchar el *Concierto n.º 1 para violonchelo en mi bemol mayor* de Shostakóvich con Anastasia Kobekina como solista y la Orquesta de RTVE dirigida por Edmon Levon. Ahora quiero escuchar la obra completa de Shostakovich con el mismo frenesí con el que un lector empedernido devora las obras completas de un autor y se instala por un tiempo en la escritura de Kafka, de Lispector o de los escritores que mitifique en ese momento. Cobijarse bajo el edredón de nuestros artistas preferidos es una modalidad de salvación.

Durante el concierto se vive un momento de tensión: a la joven Kobekina, casi al final de la larga *cadenza,* que es la oportunidad del chelo para lucirse en solitario sin el acompañamiento de la orquesta, se le rompe una cuerda. Deja de tocar, pronuncia un *sorry* audible en el patio de butacas y se marcha con el director a los camerinos. Cuando vuelven, todo son aplausos y ovaciones, y eso les permite emprender el tercer y último movimiento con energías renovadas. Más aplausos al final para todos, pero especialmente para la chelista del vestido rojo, que, como es costumbre y para agradecer los vítores, le regala al público una obra más: en este caso es la *bourrée* de la suite n.º 3 para chelo solo de Bach, infinitamente menos rusa que la anterior.

Aquí ocurre algo muy característico en un concierto de clásica: comienzan las toses del público de más edad. Nunca sabremos si hubo toses durante toda la representación pero fueron apagadas por los sonidos de la percusión y el resto de la orquesta tocando a todo trapo o si las toses están teniendo lugar única y exclusivamente ante la llegada de un *pianissimo* o del solo de un instrumento. Quizá sus emisores tengan la garantía de que en ese momento tan delicado el protagonismo lo van a obtener ellos, van a ofrecer al público su breve recital de carrasperas con o sin flemas. Nunca lo sabremos, pero sí es cierto que sus gargantas en acción son un elemento tan característico del mundo de la música clásica en directo que se echarían de menos si desaparecieran.

Días después del concierto sigo con la música de Shostakóvich en la cabeza, esa música tan extremadamente rusa. ¿Y cómo puedo estar tan segura de que distingo «lo ruso» en la música instrumental? Ahí se ponen en marcha mis ideas preconcebidas sobre lo ruso: lo ruso es trágico, es intenso, es bélico, es soldadesco, y este concierto de Shostakóvich tiene momentos estruendosos y muy rítmicos, muy de marcarle el paso a un batallón. Además, en el cuarto movimiento aparece una versión distorsionada de la canción popular georgiana «Suliko», una de las favoritas de Stalin. Y esos argumentos pedestres son los que me hacen afirmar sin vergüenza alguna que esta música es muy rusa, aunque, probablemente, en lugar de rusa lo que quiero decir es soviética, algo muy distinto, pues lo soviético fue una unión de naciones de diversas tradiciones y folclore, todas ellas bajo el dominio ruso. Tampoco es que yo esté totalmente en la parra: es un hecho que existe el nacionalismo musical, cuyas características principales radican en el uso de elementos folclóricos en la música que se conoce como «académica». Tenemos mil ejemplos: el finlandés Sibelius con su *Suite Karelia*, Béla Bartók desde Hungría con el folclore de su país colándose por todas las rendijas de su obra, o el checo Smetana con su ciclo de seis poemas sinfónicos titulado *Mi patria*. Paradójicamente, en esta obra la melodía principal del poema dedicado al río Moldava es hoy la música de «Hatikva», el himno nacional de Israel: un buen ejemplo de cómo lo nacional puede ser un concepto franquiciable.

Creo que lo que para mí refuerza aún más la *rusicidad o* el *rusismo* del concierto de Shostakóvich que tanto me gustó es la nacionalidad rusa de la solista, una alegre Anastasia Kobekina, alta, espigada, fibrosa, a la que el chelo casi le viene pequeño. Sus manos son tan largas que, desde el patio de butacas, me parece atisbar que cada dedo tiene una falange de más.

¿Y por qué se me ocurre que esta joven rusa nacida en 1994, que no conoció ni por asomo las purgas estalinistas que presenció Shostakóvich, pueda interpretar con mayor fidelidad este concierto que alguien nacido en una isla de clima tropical? Imagino que por haberse visto expuesta a escuchar con más frecuencia que otros la obra del compositor, quizá programada regularmente en conciertos y emisoras de radio de su país. O porque su infancia transcurrió entre cúpulas bulbosas de color dorado y, ante todo, porque habla el mismo idioma que Shostakóvich. No descarto que la lengua materna de los compositores se filtre a escondidas en su propia música: alguien estará redactando ahora una tesis acerca de esa presencia subrepticia pero indudable.

CON USTEDES, LOS DILETANTES

Ha llegado el momento. Tengo en casa la *particella* para violonchelo de la *Primera sinfonía* de Beethoven. Escucho la versión que toca la Filarmónica de Viena en YouTube. Los tiempos veloces son endemoniadamente rápidos y yo ya tengo decididas cuáles son las notas que no voy a poder dar, es decir, cuáles son las cabriolas que no podré hacer. La verdad es que, en año y medio que llevo con el chelo, ser capaz de maltocar una sinfonía de Beethoven me hace sentir que soy una vieja WunderKind, o más bien una WunderAlt. Una WunderSeñora de mediana edad, en cualquier caso.

Está ocurriendo. Primer ensayo en la orquesta de la escuela. Es una orquesta disfuncional: tiene demasiados clarinetes, casi tantos como violines. No cuenta tampoco con el fagot requerido para un solo que aparece en el primer movimiento de la sinfonía. Hoy tampoco ha venido el contrabajista (dicen que hay uno), y las violas brillan por su ausencia. Pero es lo que hay, no estamos en Salzburgo, sino en el sur de Europa.

En la orquesta, el disfrute y la emoción me llegan por varias vías. Una de ellas es, obviamente, la sonora. Ser parte de lo que llaman «la masa orquestal» es como participar en una manifestación extremadamente ideológica (¿acaso alguna no lo es?) y corear al unísono esas consignas que mantienen al grupo tan unido como si fuesen una fila de butacas de patio. Una segunda vía es de índole visual: qué ilusión la de verme tras mi atril junto a las demás chelistas. Es un verme desde fuera que por momentos me resulta una fantasía que yo hubiese montado por capricho, como esa gente que paga para recrear una batalla crucial de las guerras napoleónicas por el placer de creerse parte del ejército vencedor.

La tercera vía del disfrute me sorprende a mí misma, que soy solitaria militante: procede del trabajo en grupo, de la colaboración con otros seres humanos. La sensación de comunión espiritual que emana para mí la orquesta es intensa y, pensándolo un poco, sé dónde se halla su raíz: en que, si bien somos más de veinte personas, ninguno de nosotros habla mientras tocamos. Ninguna persona nos ametralla con las banalidades que oigo a menudo en el descansillo de mi escalera, en el vagón del metro o en cualquier espacio público donde haya al menos dos individuos charlando. El logos se ha suprimido por un momento, y en concreto el logos del siglo XXI, a menudo tan exasperante.

Después vamos al bar y ahí dejamos de ser masa orquestal para convertirnos en personas convencionales que toman cañas y parlotean. Somos siete chelistas y todas solicitamos nuestros merecidos caña o vino. Hay menos violines que chelos en esta orquesta que hace lo que puede, como si hubiese más colmillos que muelas e incisivos en una dentadura. Es el día de San Valentín de 2020 y a nuestro alrededor se ven muchas parejas. La publicidad ha logrado fomentar la idea de que es necesario cenar esa noche con el ser más querido para celebrar el amor, el deseo, eros, al fin y al cabo. Pero llegamos nosotras, la masa orquestal de asueto, y las chelistas tenemos que dejar en algún rincón a nuestros muñecos a escala humana. Se agolpan junto a una mesa los siete chelos, que la gente mira sorprendida, como si hubiésemos decidido salir a tomar algo cargando con unos electrodomésticos. Son nuestra media naranja, y en ningún caso vamos a dejarlos fuera pasando frío.

SEGUNDA PARTE

(DE TINTES ITALIANOS)

EL ARCO DE SEISCIENTOS EUROS (AHORA SÍ)

¿Qué vida nos espera? ¿Saldremos en algún momento de casa por razones distintas a la compra de víveres y medicamentos, o pasaremos las décadas de vida que nos quedan ante el ordenador o, en un alarde máximo de asueto, dando la vuelta a la manzana con las gafas empañadas a causa de la mascarilla? Si va a ser así, que me pille con un arco y un chelo en condiciones.

Estamos en abril del año fatídico que acaba y empieza por veinte, y esos pensamientos se repiten en mi cabeza con mucha frecuencia. Por lo demás, no lo llevo tan mal: pareciera que, sin saberlo, estos dos últimos años han sido mi preparación para el confinamiento; igual que mi madre compraba y sigue comprando latas de conservas por temor a las escaseces que traería consigo una guerra hipotética, probablemente inspirada en la civil española, yo llevo años comprando material de bellas artes a sorbitos —deme estas ceras acuarelables Caran d'Ache; anda, si estos lápices Faber Castell no los tengo— y pasando por talleres de dibujo y acuarela en los que obtener los preciados recursos para que un pincel responda cuando le doy órdenes. Pero, ante todo, por si alguien se olvidó, llevo casi dos años estudiando violonchelo. Gracias a eso y a las horas de ficción previsible que obtengo en las plataformas de series, estoy resistiendo, estoy dándole un uso digamos *satisfactorio* al excedente de tiempo con el que contamos en estas semanas, que ya se han convertido en meses. Tráiganme más confinamientos, verán como los capeo.

Gran parte de esos frascos de conservas y rollos de papel higiénico que otros atesoran para encierros venideros podrían equivaler de algún modo a mi arco nuevo, el que me ayudará a mejorar el sonido a pasos agigantados y a superar reclusiones de aquí al infinito. Pero he de esperar, emplear la paciencia, esa virtud que teníamos todos en el armario del fondo sin usar, porque comprar un arco para un chelo no es en absoluto una actividad esencial en este momento.

Llega el día tan esperado en que Madrid entra en una fase con decimales, la 0.5, en la que podemos volver a ciertos sitios siempre que pidamos hora. No recuerdo qué hice primero, si poner en manos de una profesional mi flequillo previamente podado a dentelladas por mí dos o tres veces o comprarme el arco nuevo. Para esto último, llamé antes al lutier. En la voz le noté que tenía ganas de volver a la vida comercial, al trato con clientes. Le pregunté por «mi» arco y me dijo que ahí seguía. Nadie lo había comprado en esos seis meses que habían pasado tras probarlo yo en casa, pero es que tampoco hay una demanda altísima de arcos de violonchelo de precio medio en Madrid. ¿En Salzburgo lo habría vendido a los quince días? Imagino que sí. (Vuelve la referencia a Salzburgo, que es para mí, como para tanta gente, el epicentro mundial de la música clásica. Por eso se me aparece de inmediato como ejemplo de ciudad donde, imagino, los arcos de instrumentos de cuerda se venden literalmente como churros: «Nos los quitan de las manos, señora»).

¿Será que no es, después de todo, tan maravilloso? No tengo manera de saberlo, pero como mi mente en estos meses ha comenzado a funcionar distinto, dándose excusas válidas para cualquier exceso, ya sea untar Nutella sobre ejércitos de galletas o comprar un arco de violonchelo, decidí que el arco estaba ahí todavía porque me estaba esperando a mí. Y punto.

Así que aquí lo tengo, agarrado con todos los dedos de la mano derecha. Es de madera de pernambuco o *Caesalpinia echinata*. Cuando lo probé hace un tiempo, el lutier me enseñó que la flexibilidad de la madera era lo fundamental en un arco, y para ilustrar la afirmación me cuenta ahora una anécdota de esas que narro yo después en cenas y reuniones para entretener a los participantes. Las fuentes de la historia no consigo encontrarlas: es posible que procedan de un lutier de Cremona: resulta que la guerra de la Independencia de Estados Unidos provocó un retroceso en la exportación de madera de ese país a Europa para la fabricación de buenos arcos de instrumentos de cuerda. Los constructores europeos se tiraban de los pelos al no encontrar material de calidad adecuada en el continente, así que se les ocurrió un plan ingenioso ante la escasez: emplear la madera de los listones de los somieres, cuya principal característica era su gran flexibilidad. Así que se pusieron a reciclar listones de pernambuco y a reconvertirlos en varas para arcos. Decido pensar entonces que mi vara procede de un somier decimonónico sobre el que se han concebido proles enteras. Imaginar es gratis, y además es lo único que nos queda para resistir ante la adversidad.

ORQUESTA SINFÓNICA DE ZOOM

En los puestos más altos de la lista de actividades que contagian el virus se encuentra soplar por instrumentos de viento y, junto a ella o incluso más arriba, cantar. Y en según qué lenguas como el alemán, parece que más aún. Me lo dice una amiga músico que está pasando el confinamiento en Berlín: por lo visto, un coro entero de allí se contagió del corona en un ensayo. Entiendo que no se debe a la nacionalidad alemana de sus integrantes, sino más bien a que el repertorio que cantaban estaba escrito en esta lengua de mucha consonante. Por ejemplo, el motete de Bach «Fürchte dich nicht» —«No temas» es su traducción— paradójicamente nos hace temer un contagio, con tanto fonema oclusivo y fricativo que obliga a expulsar saliva a raudales. «Schmerz, Hier Zitter das Gequälte Herz», un recitativo de la *Pasión según san Mateo*, también provocaría un rociado importante.

Como es prácticamente imposible tanto interpretar como escuchar música en vivo en estos días, hay que conformarse con los falsos directos de otros músicos en cuarentena, con creer que solo hace unas horas grabaron esa pieza en su casa, como si eso garantizase mayor frescura. Ocurre algo similar con el jamón serrano, que, aunque nos digan que lo envasaron al vacío un ratito antes, lo preferimos cortado a cuchillo ante nuestros ojos.

Una de las cantantes que más nos ameniza la cuarentena es Sheila Blanco, con sus fragmentos célebres de Bach, Beethoven y Mozart cantados con letras escritas por ella. La *badinerie* de la *Suite n.º 2 para flauta y orquesta* de Bach, en boca de Sheila Blanco dice: «Si tu te fueras a Marte a vivir / llévate contigo la *Pasión de san Mateo*» y menciona algo tan importante como el redescubrimiento del compositor gracias a Mendelsohnn en el siglo XIX, cuando Bach y su peluca ya dormían el sueño de los luteranos justos. Blanco también ha grabado el *Rondó alla Turca* de Mozart con letra biográfica sobre el niño prodigio de Salzburgo. Y un Beethoven en primera persona nos llega desde los primeros compases de su *Quinta Sinfonía*: «¿Quién anda ahí? Beethoven soy / Vengo a contar que mi destino se forjó / con sinfonías como esta Quinta que es muy top». Y Wagner, y Debussy, Brahms, Haendel, Clara Schumann y Chaikovski: todos ellos protagonizan también su piecita musical biográfica creada e interpretada por la cantante. Nunca la historia de la música vino en píldoras tan edificantes y seductoras. Es que durante la cuarentena todo son grageas de simpatía, a falta de un antídoto medicinal contra el virus.

Grupos, cuartetos, coros: todos tocan y cantan aparentemente juntos gracias al Zoom. La orquesta de mi escuela decide también juntarse y retomar los ensayos. En el chat colectivo todo es felicidad ante el anuncio («Gracias: os necesitábamos», «¡Qué noticióooooon!»). Yo soy una de las que los necesitaba, así que ahí estoy, conectada al Zoom un sábado por la mañana con mi chelo desenfundado y el atril ante mí.

Para afinar y calentar motores tocamos todos juntos una escala de do mayor de dos octavas. Desde casa veo a través de los cuadraditos del Zoom las casas de los otros instrumentistas y la mía propia. Mucho libro, mucha estantería blanca, alguna vitrina con platos y copas, adornos artesanales… Todos parecemos tan contentos, tan unidos por el arte que más rápido e intensamente mueve los afectos. Miro al director y empiezo a tocar mi escala, pero algo pasa: ¡si solo me oigo a mí misma! Nos han desactivado el sonido. Pienso que es un error y se lo comento al director, le pregunto que cuándo vamos a tocar juntos de verdad, al unísono. Me dice que... ejem... que eso no va a ocurrir nunca, que si abriera todos los micros a la vez, las frecuencias sonoras darían tanta guerra que aquello se convertiría en un Pentecostés de sonidos; o mejor, en una Torre de Babel, más caótica pero igualmente bíblica. Sigo con ellos un par de ensayos más y dos semanas después me retiro con pesar de las reuniones virtuales.

EL ARCO NUEVO EN ACCIÓN

«A lo bueno siempre se llega». Esta frase es de la abuela adinerada de un antiguo jefe mío. En un momento inusual de confidencias, me contó que él y sus hermanos no valoraban de niños las alfombras persas y la cubertería y menaje de plata que ella atesoraba. Preferían las alegres jarapas, o las alfombras de colores de las tiendas de muebles baratos anteriores a la existencia de IKEA, tienda nombrada por quinta vez en este texto. Y, desde luego, los cubiertos de plata les parecían pesados y aparatosos. Ya de adulto sí supo valorarlos, me confesó ese jefe, ahora tan adinerado como su abuela o más aún. No sé si la abuela tenía claro, al pronunciar solemne ese «A lo bueno siempre se llega», que sus nietos llegarían a gozar de una posición económica que les permitiera adquirir finalmente «lo bueno», o si se refería simplemente al desarrollo natural del gusto de aquellos que han estado expuestos con frecuencia a objetos de alto valor. En cualquier caso, y en relación con los arcos de violonchelo, yo ya he llegado a lo bueno. Es decir, a lo digno, a lo semiprofesional. Y no estoy totalmente segura de valorarlo. Mi arco nuevo no es el equivalente a los chapines de rubí de Dorothy, eso lo tengo claro. Pero sí se parece a unos zapatos cómodos, de buena piel cosida a una suela firme.

Como siempre me ocurre cuando algo de valor llega a mis manos, le propino constantes golpes involuntarios. Con la lámpara, con el atril, con todo. Como esos niños que están empezando a tocar el violín o el chelo y que no acaban de diferenciar el instrumento de un juguete extraño, lo que los lleva a emplear el arco como espada con la que batirse en duelo como mosqueteros.

PEQUEÑOS CAMBIOS

Los niños prodigio siguen en sus casas, practicando más que nunca. Los del hemisferio norte ya no llevan ropa abrigada sino camisetas de colores y pantalones cortos: gracias a ellos me entero del cambio de estación. Carrie, la estrella de los pequeños superdotados, no ha podido retomar sus clases presenciales de danza en la escuela del American Ballet, pero las sigue por Zoom y practica en la barra horizontal de madera que tiene en casa. Como vive en un chalet grande con jardín, no tiene problemas de espacio y puede instalar en la vivienda desde una barra de ballet hasta un piano de cola. Ella y su familia están más preparados que nadie para todos los confinamientos por venir.

A veces su madre publica fotos de los pies de Carrie, normalmente con los empeines estirados al máximo, para que veamos que ha sido dotada de unas extremidades muy flexibles. Ya a los once años se pinta las uñas de negro, cosa que yo no hice hasta bien entrada la treintena por considerarlo una gran trasgresión. ¿Lo habrá decidido ella sola? ¿Le habrá costado ruegos y lloros convencer a su madre? Carrie está creciendo. Lo noto y me asusta. Pronto va a entrar en la pubertad y ahí dejará de ser una Wunderkind para convertirse en una Wunderpúber. De aquí a menos de un año llevará sujetador y le vendrá la regla. Quiero y no quiero que ocurra. Tengo miedo de que se malogre definitivamente, de que le coja una manía irreversible a su madre y decida llevar una vida proscrita, marginal, cosa tan frecuente en ese enorme país. La visualizo tocando un chelo desvencijado y una armónica en bares de Arizona, emborrachándose hasta el amanecer y contándole su triste historia a quien quiera escucharla, ya medio desdentada: no tendrá seguro médico, es un juguete roto que se fue de su casa a los dieciséis y abandonó su prometedora carrera como solista internacional (esa historia la repetirá hasta la saciedad, y la gente pondrá los ojos en blanco al escucharla: «Otra vez lo de la carrera de solista internacional»).

A los demás niños músicos que sigo –Little Cello Man, Lucy the Little Musician o The Little Cellist– los veo aún en plena infancia, en una infancia interminable. A Little Cello Man su madre le sigue escribiendo los pies de foto en segunda persona («Te encanta Boccherini, pero tu favorito es, sin duda, Bach»), cosa que resulta entrañable, pues en esas frases vemos la mirada de su madre. En cambio, Carrie ya empieza a desmadrarse –qué verbo oportunísimo– y a publicar alguna foto suya con un texto en el que aclara «No soy mami: esta vez soy Carrie», acompañado de una nube de emojis de corazones y unicornios. Las cosas empiezan a cambiar.

OTRA VEZ CHURROS

Vuelve la posibilidad de pedir unos churros para llevar, de hacer cola en el local y esperar a que te los sirvan, vuelve la esponja de harina frita que absorbe todo el aceite que entra por sus poros. Aquí estoy, esperando a mis amigos los churros, que me comeré un rato después en casa mojándolos en café, generándole ojos de grasa a la bebida nacida en África (la idea de entablar amistad con los productos que ingieres no es mía: en cientos de sucursales de bares centrados en jamones y otras chacinas, los cerditos sonrosados y alegres decoran los escaparates).

Mientras espero —hay un montón de pedidos de envío a domicilio por preparar—, llaman al teléfono del local. El politono del aparato se compone de tres notas que mi oído escucha como «re-fa-la-re-fa-la», un clásico arpegio en modo menor. El empleado, que no da abasto frente a tantas tareas, lo deja sonar sin responder. Además del teléfono hay otra máquina que emite pitidos, esta vez de sonido indeterminado. La situación podría servirme para explicarle qué es la polifonía a un grupo de niños de primaria y, al mismo tiempo, para enloquecer.

Sigue el re-fa-la-re-fa-la sonando a toda mecha y en bucle, tan en bucle que se confunde con un la-re-fa-la-re-fa, al igual que cuando al decir «monja» muchas veces seguidas, acabas en realidad diciendo «jamón». El teléfono del local de fast-churros está diciendo «monja» y acaba involuntariamente emitiendo «jamón», un jamón que en este caso coincide prácticamente con los primeros compases de la sonata para piano *Claro de luna* de Beethoven. El chico que empaqueta y sirve los churros ni siquiera oye lo que está ocurriendo. No ya el amago de pieza de Beethoven, sino el sonido en sí; ha integrado esa contaminación acústica a su cotidianidad como quien integra los malos tratos en su vida doméstica al no tener otra opción.

FUE UN GUSTO CONOCERTE, *KVAS*

Por fin me armo de valor y decido tirar por el desagüe los restos de la botella de *kvas* que compré hace meses. Era la ocupante más aparatosa de la balda baja de la puerta de la nevera. El resto de las botellas que entraban, normalmente de vino, tenían que meter tripa para caber. Albergaba la secreta esperanza de aficionarme al *kvas*, tras el vaticinio de la vendedora del supermercado ruso cuando lo compré («Al final te lo acabarás tomando como refresco»). Pues no ha sido así, vendedora rusa. No ha habido manera, y eso que en más de una ocasión me he servido medio vaso por ver si me iba encariñando con el líquido color Pepsi. Me pasó con el cilantro: del extrañamiento más absoluto pasé a la veneración de esa hierba que, sí, estoy de acuerdo, sabe a jabón. Pero con el *kvas* no se me va el *ostranénie*, el extrañamiento que el teórico formalista Víctor Shklovski detectó como uno de los principales modos de operar del arte, y que nos invita a ver los objetos desde una óptica no familiar.

Me surge un chiste tontísimo y no puedo evitar escribirlo: «¿Dónde *kvas* con mantón de Manila?». Pues al váter, a tirar su contenido al alcantarillado madrileño. A despilfarrar los tres o cuatro euros que pagué por la bebida. A despilfarrar pan de centeno macerado. Volviendo a vincular la música con la comida, este tirar por el váter el *kvas* es como hacer sonar una grabación de las *Suites para chelo solo* de Bach tocadas por, no sé, Anner Bylsma, y no sentarse a escucharlas, sino emplearlas como música de fondo para cocinar, combinándolas con el ruido del extractor de humos. Eso es un despil-farro musical vinculado estrechamente con el sempiterno «La música clásica me relaja». Te relaja tanto que no pones aten-ción a lo que te está contando.

LA OFENSA MUSICAL

En esta época en la que prácticamente todo es susceptible de ofender a alguien, me doy cuenta de que, para evitar la posible ofensa, habría que erradicar de nuestras mentes toda intención de dirigirnos a un público, de comunicar nuestro discurso abiertamente. No ofende cocinar un plato de sabor pésimo mientras nos lo comamos solos en casa. No ofende ninguna acción que llevemos a cabo calladitos, sin que nadie se entere, salvo en las religiones que incluyen la modalidad de pecado de pensamiento. Con el superyó de la ofensa sobrevolándonos a todos −aunque en ocasiones la susodicha ofensa sea más bien el entretenimiento de unos desocupados con escasa vocación para otra cosa−, intuyo que se están gestando miles de artistas silenciosos que, en un futuro, paradójicamente fascinarán a esos ofendidos de hoy, precisamente debido a su carácter transgresor y proscrito que ahora genera rechazo.

Lo visual y lo verbal tienen mayor capacidad para ofender que otras artes. Quizá la danza, si reproduce movimientos considerados obscenos por algunos, también pueda desencadenar polémicas en los practicantes de esas ideologías y religiones que ya vienen de fábrica con gran temor a ser ofendidas. Para esquivar la ofensa, las decoraciones de la arquitectura islámica evitan toda representación humana y se decantan por la geometría, lo caligráfico y lo vegetal: no veremos gente copulando esculpida en los capiteles de las columnas de la Alhambra, pero, sorprendentemente, sí las veremos bajo las sillerías de madera del coro de algunas iglesias católicas, junto a figuras en actitudes consideradas insolentes. Quién sabe si por ese temor al escándalo el Museo de la Universidad de Navarra, afín al Opus Dei, atesora una estupenda colección de arte informalista abstracto español. Nada de enormes falos con la puntita roja, nada de esculturas hiperrealistas de monarcas sodomizados: ante estas grandes pinturas no figurativas no hay modo de ofenderse, a no ser que se consideren una gran tomadura de pelo, precisamente por su renuncia a representar figuras humanas, racimos de uvas o torretas medievales.

Siguiendo este razonamiento, la música instrumental es también incapaz de ofender. Diría que está blindada contra la ofensa, pues cuando no hay texto por medio, su contenido no suele ser representacional. En ocasiones puede tener una retórica imitativa —en la música sacra, la subida a los cielos se representa a menudo mediante escalas ascendentes, por ejemplo—, algo difícilmente detectable por oídos no profesionales. Gracias, música, por ser un salvoconducto para la expresión.

Lo que acabo de escribir no es cierto. ¿Lo tacho, entonces? No: mejor voy a añadir dos ejemplos que prueban su inexactitud. Uno es el del estreno en París de *La consagración de la primavera* de Stravinski el 29 de mayo de 1913. Abucheos, insultos: el Teatro de los Campos Elíseos no se quedó callado ante la afrenta. Quizá les incomodó la plantilla orquestal, poco usual en ese momento por su volumen: tenía ocho trompas y dos tubas, algo insólito en una orquesta romántica por el estruendo que causan estos vientos. ¿Y la indignación, no sería más bien a causa del erotismo implícito en la coreografía de Nijinski, que ya obtuvo silbidos de desprecio en su anterior creación sobre *Preludio a la siesta de un fauno* de Debussy?

El otro ejemplo es mucho menos frívolo: es el concepto de «música degenerada» (*entartete Musik* en alemán), acuñado por los nazis para calificar —y por ende desdeñar, o incluso prohibir— la música indigna que no se correspondía con los estándares germánicos. En la exposición de igual nombre inaugurada en 1938 en Düsseldorf, la música «expuesta» a escarnio era la opereta judía, el jazz y la de algunos compositores de música atonal. Pero, en realidad, si bien Goebbels presumía en 1936 de haber germanizado las artes, la música siempre fue la más escurridiza. De hecho, leo que la académica Pamela Potter, estudiosa del mundo del arte alemán durante el Tercer Reich, intenta desmontar mitos acerca del nazismo y la música (entre otros, la creencia popular de que se escuchaban marchas militares a todas horas), y aclara que, al ser la música un arte tan esquivo en cuanto a significados, Arnold Schönberg y su escuela fueron designados como «bolcheviques» por los nazis y como «burgueses» por los soviéticos. Incluso Shostakóvich, compositor mimado del régimen soviético, recibió una pésima reseña en el diario *Pravda* tras el estreno en Moscú de su ópera *Lady Macbeth de Mtsensk*. El titular decía así: «Caos en vez de música». El verdadero problema de aquel escrito radicaba en que las críticas hacia su música lo eran indirectamente hacia su persona. El editorial hacía ver que una ópera como esa era «un juego de inteligente ingenuidad que puede acabar muy mal»: así lo recuerda Julian Barnes en su novela *El ruido del tiempo*, que narra este y otros difíciles acontecimientos de la vida del compositor bajo el estalinismo. El dictador parecía tener muy claro cómo había de ser la música adecuada para la población de la Unión Soviética, quizá hasta sonaba en su cabeza (entonces ¿por qué no la compuso él?): tenía que buscar, como el resto de las artes, realismo en la forma y socialismo en el contenido. El formalismo practicado en ocasiones por Shostakóvich le parecía desviacionista y decadente.

Adjetivar es demasiado fácil, de ahí que denigrar también lo sea.

VUELTA AL COLE

En el mes de junio vuelve casi todo lo presencial, incluidas clases de música y terapias de diversa índole, físicas y mentales. Regreso, por tanto, a la consulta de mi terapeuta –tengo terapeuta y tengo lutier–, el último reducto de la tierra del que se puede salir todavía oliendo a tabaco por los cuatro costados. A menudo, al llegar después a casa y colgar la chaqueta en el perchero, me parece estar volviendo de un bar legendario de la Movida, al menos a nivel olfativo. A veces le digo en broma que le voy a denunciar por fumar en la consulta y poner en riesgo a sus pacientes, pero en realidad me gusta acudir a ese rincón del siglo xx donde no rigen las normas sanitarias del tercer milenio.

Por fin reabre también la academia de música y vuelvo a ir a clases presenciales con Calia. Mascarilla, ventilación: lo clásico. Las nuevas normativas de la academia aparecen escritas en dos folios plastificados y colgados en la pared rugosa del vestíbulo del local. Ahora no se permite entrar a los padres ni a otros acompañantes en las aulas, los estudiantes de canto deben llevar su propia mampara aislante y, otra novedad, no se puede cambiar pañales en el baño. Le garantizo al dueño, que es quien me cobra la mensualidad, que nunca, ni siquiera antes de la pandemia, tuve la menor intención de hacerlo.

Camino de vuelta a casa por la calle Arenal para tomar el metro en Sol. Arenal está de luto por los turistas que no quieren o no pueden volver. Han cerrado varias tiendas de imanes y otros souvenirs chuscos que, la verdad, no echo mucho en falta. La tienda de pelucas resiste y la de turrones creativos también, con su cebo en forma de cubitos de almendra blandos y menos blandos ofrecidos gratuitamente en bandeja. Las empleadas me reconocen cuando entro a probar por enésima vez el turrón de yema tostada o el de pistacho con la excusa de que pasaba por allí. Llevar un chelo a la espalda es muy, pero muy identitario.

Ya en el metro, esta vez con el estuche duro a cuestas (había indicios de tormenta veraniega: no podía permitirme llevar la funda de lona y que me lloviera encima), noto que ya tengo muchas tablas en lo que respecta a bajarme el chelo de la espalda, volver a colocármelo como si fuera una mochila enorme y todos los demás movimientos que conlleva su transporte. Ahora solo siento cierta vergüenza cuando me cruzo con otros chelistas adultos. Prácticamente todos los que veo transportan el instrumento en estuches BAM, los de colores brillantes, rígidos pero muy ligeros. De repente se despiertan en mí unos problemas de clase exclusivamente relacionados con la comunidad de violonchelistas. Los imagino pensando «Pobre, no se puede costear un estuche en condiciones y ha de acarrear ese mamotreto que pesa más que el propio instrumento», o bien, al ir acercándose a mí, intentarán distinguir si me conocen de la profesión −en Madrid no son tantísimos−, pero nada más ver el estuche azul marino rugoso, como si fuese una maleta Samsonite de los años ochenta, descartarán que pueda formar parte del mundillo. «Hay que tener ganas de comenzar a tocar el chelo a esa edad», quizá piensen. Es verdad, hay que tenerlas. Muchas.

HACE CALOR Y TU CHELO LO SABE

Algunos pensarán que mi chelo no es de buena calidad, ya que lleva dos veranos despegándose por la parte baja a causa del calor y la sequedad de esta ciudad en la que vivo. Yo siempre rompo una lanza a favor de mi constructor y les contesto que precisamente los instrumentos se pegan con una cola no demasiado resistente, en ningún caso un Supergen o similar, para favorecer que se despeguen en caso de que la madera haga de las suyas —se dilate o contraiga— y así evitar que se generen grietas catastróficas en el instrumento. Si los macs y toshibas que tenéis fuesen de madera, ya veríais: estarían todo el tiempo en el taller.

Me cuenta el lutier que al final ha acudido al licopodio para pegar bien el chelo. El licopodio es un mejunje fabricado a base de una planta, la *Lycopodium*. Leo por ahí que también se usa como diurético y que popularmente se llama «colchón de pobre» o «de gato». Los constructores de instrumentos lo emplean en polvo, mezclándolo con agua para producir una especie de estuco, y el mío me dice que aprendió a usarlo en Cremona, donde se formó en la profesión. Al mencionar la cuna de la construcción de instrumentos de arco vuelvo a corroborar lo artesanal que es el pueblo italiano. Mussolini consideraba que Italia era un pueblo «de poetas, de artistas, de héroes, de santos, de pensadores, de científicos, de navegantes y de migrantes». Esta frase aparece grabada en el coliseo cuadrado del barrio romano del EUR, proyectado durante los años 30 del siglo XX bajo el mandato fascista, y yo creo que a

Mussolini le faltó añadir el matiz de lo artesanal como característica endógena de los italianos. Lo muestra, sin ir más lejos, el sándwich de pan de miga romano, el *tramezzino*. Sean cuales sean sus ingredientes, siempre van a estar colocados con esmero, como si se tratase de las piezas de un mosaico. El de espinacas y mozzarella, por ejemplo, no se limita a llevar una capa de espinacas y otra de queso dispuestas horizontalmente entre el pan. No, en ese sándwich de pan de molde hay buen diseño y una elaboración artesanal que exige un tiempo de preparación más largo de lo que pensaríamos: las espinacas y la mozzarella forman unos rollitos que convierten el relleno en una especie de friso bicolor que da pena morder. Ese sándwich dice mucho del pueblo italiano, pero creo que Mussolini no estaba al corriente.

BACH ES UN CHULETÓN VUELTA Y VUELTA

Para clausurar el año escolar toco una sonata en Do Mayor de Giovanni Battista Cirri, nacido en 1724. Es decir, una sonata clásica. La clausura la hago yo misma en mi casa: la posibilidad de participar en un concierto de fin de curso ante unos padres que aplauden antes de tiempo la interpretación de sus ansiosos niños ya forma parte de mi pasado. Simplemente quiero dar por válido este curso, y el tocar una sonata entera, con su *allegro*, su *adagio* y su minueto, me sirve para ello. Me doy un aprobado alto.

Sin ser difícil, la sonata de Cirri es vistosa y resultona. Y también agradecida, pues la escala de Do mayor que he estudiado cientos de veces y de mil maneras se camufla a lo largo de toda la pieza sin parecer una aburrida sucesión de sonidos que tienes que comerte para que no te dejen sin postre ese día. La sonata de Cirri es el plato de restaurante de comida rápida perfecto para compartir. Se parece a esos nachos que llevan por encima guacamole, queso fundido, tomate, jalapeños y chili con carne, un despliegue de sabores coloridos que los jóvenes comensales valoran porque llena y mantiene entretenido al paladar a un precio asequible.

También estoy estudiando los dos minuetos de la primera suite para chelo de Bach: están incluidos en el cuarto tomo del método Suzuki, así que yo me siento como si me los hubiera recetado mi pediatra de cabecera, ese que sabe qué medicina dar a los niños para que crezcan sanos y fuertes. Los minuetos parecen sencillos, sin mayores complicaciones melódicas. Tampoco se han de tocar muy rápido (el original no indica la velocidad, pero al imaginar a una pareja empelucada del siglo XVIII bailándolos es fácil hacerse a la idea), por eso no comprendo por qué me cuesta tanto que suenen bien, si a primera vista parecen más simples que la sonata de Cirri. Volviendo a las comparaciones gastronómicas, creo que Bach es cocina de producto; es un chuletón a la parrilla con sal gorda, un rodaballo al horno o unas navajas a la plancha de las que saben a mar: no hay modo de camuflar su sabor, pues se sirven así, sin salsas ni condimentos escandalosos (Calia no usa la metáfora gastronómica sino otra más prosaica: «Al tocar a Bach, a una se le ven las bragas», me dice). Así es Bach, un producto de calidad cuyo sabor no engaña, pero no por ello es fácil de apreciar. Mientras aprendo a paladearlo con los dedos, pico también de un plato de nachos con pegotones de queso fundido para no pasar hambre musical.

SÉ LO QUE HICE ESTE ÚLTIMO VERANO

El veraneo de este año se parece a la comida de hospital: paliducho, soso e inocuo. Como la pandemia y las medidas decretadas para paliarla impiden desear de más –cualquier deseo imposible de llevar a cabo debido a las circunstancias es un motivo más de frustración en estos días–, nos conformamos con unas vacaciones asépticas, reducidas a su mínima expresión. Llevo días rememorando todas mis vacaciones de verano de la vida adulta, como esas postales que conforman un collage de estampitas de lo más destacado de un lugar. En este recuerdo no puede faltar mi adicción por los cursillos estivales, verdadera cantera de amigos y conocidos con intereses comunes. Por eso, ahora que se cuestionan a diario la razón de ser y la identidad de la Unión Europea, cobran más sentido aún los tres veranos que pasé en una Europita en miniatura donde mi yo, todavía escasamente viajado –una vez a París, otra a Polonia y otra a Inglaterra a mejorar mi inglés–, practicó intensamente la convivencia con las cabezas más rubias y altas de la entonces Comunidad Económica Europea.

Como banda sonora de esos tres julioagostos de mi primera veintena elijo el preludio del *Te Deum* de Marc-Antonie Charpentier, tarareado por todo aquel que haya estado expuesto a un festival de Eurovisión en algún momento de su vida. El jovial la-re-re-mi-fa#re-laaa-sol-fa del compositor francés del XVII se ha convertido en el resumen sonoro de la Europa lúdico-musical, y a mí no me puede venir mejor para ilustrar las semanas que pasé entre violas da gamba, clavicémbalos, serpentones y violines con cuerdas de tripa como alumna de los cursos de verano de música barroca de San Lorenzo del Escorial y de Daroca, un pueblo amurallado de la provincia de Zaragoza.

Siempre hacía doblete: era casi milagroso encontrar cursos de música barroca, también llamada «antigua», en la España de entonces (¿lo es en la de ahora?, perdí la pista), y yo, ansiosa por adquirir todo el conocimiento del mundo lo más rápido posible, me inscribía en ambos, con la consiguiente tranquilidad de mis padres al presuponer que en esos lugares recoletos la juventud de su hija iba a transcurrir en el ambiente selecto que ellos soñaban para ella.

Tan selecta no era la escuela-hogar de Daroca donde nos alojábamos los más jóvenes, pero sí es cierto que compartir habitación con otras once personas en seis literas, lavarse la cara y los dientes a la vista de cualquiera en un baño colectivo con lavabos infantiles –que, por tanto, obligaban al adulto a encorvarse– te afilia automáticamente al club de la juventud. Ahora me sería muy incómodo aguantar diez días seguidos en ese entorno –mi aburguesamiento hizo metástasis–, pero en aquel momento ni se me pasaba por la cabeza sacarle defecto alguno a mi día a día en aquellas literas y baños.

Ser joven es también, juraría, follar mucho en verano. O, al menos, ejercer la libido de cintura para arriba, trofeo que yo nunca obtenía, quizá precisamente porque me podía la ansiedad de obtener la atención de algún mozo de otras latitudes, para emular así a la compañera más odiada de la facultad, que exhibía sus ligues extranjeros de verano al volver a las aulas de Ciudad Universitaria en septiembre. Las literas con colchas estampadas de la escuela-hogar de Daroca tampoco lo facilitaban.

Así que esa Europa de bolsillo, que en una ocasión incluyó a dos ciudadanas de la recién inaugurada república de Azerbayán, se había instalado provisionalmente en Aragón. Daroca era entonces la Bruselas de esa comunidad internacional, pero lo aragonés estaba muy presente en comidas y cenas, pues nunca faltaba el vino de Cariñena ni la manzanilla de Aragón como infusión final, con ese amargor insólito para mi paladar, acostumbrado a los sobrecitos de Hornimans con colorantes que amarilleaban el brebaje. Y al ser patrimonio gastronómico de la zona la borraja, la verdura más tediosa de limpiar de toda la península, la teníamos también presente con frecuencia en nuestros platos Duralex color ámbar, esa vajilla nacional del veraneo español de entonces.

Que el bar de copas del pueblo se llamase Al Fondo Guerra era signo inequívoco de que estábamos al principio de los noventa, por el guiño al nombre de quien había sido vicepresidente del gobierno hasta 1991, inmortalizado chuscamente en el rótulo de la entrada. Los músicos del Benelux no captaban el chiste, por más que intentásemos explicárselo. Compartíamos lo que podíamos con los pueblos del norte, incluido el acuerdo tácito de aceptar, con toda la naturalidad posible, que se quitasen las sandalias Birkenstock en cualquier momento y lugar. No obstante, como suele pasar en España, por debajo había un sistema de alcantarillado verbal donde se producían los cotilleos más jugosos con el único fin de recrearse en ellos. Además de los frecuentes romances que surgían entre cursillistas y profesores, la comidilla del curso era la sospecha de que los holandeses no se duchaban, o al menos así lo detectaban las sensibles pituitarias de los descendientes de aquellos antiguos conquistadores de Flandes entre los que quizá me cuente. Años después, en el metro de Madrid, constato que en verano miles de compatriotas míos poseen un sudor mucho más alto en decibelios, pero en aquel momento creíamos encontrar en esos músicos un olor corporal específicamente holandés y en absoluto nuestro, hasta el punto de que el nombre y apellido del profesor de clavecín, Jan Willem Jansen, fue transformado en «Ya Huele el Jansen» en obra del ingenio español.

Al bar íbamos a última hora, tras el concierto en la catedral y la cena. El curso tenía lugar en el marco del Festival Internacional de Música Antigua, normalmente celebrado en la Iglesia de San Miguel. Ese edificio tardorrománico, con su retablo mural de personajes bíblicos de ojos saltones que llevaban mirando a los feligreses desde el siglo XIII, era donde muchos de los profesores daban su concierto nocturno. Haber visto a alguno de ellos, concretamente a un joven astro francés del clavecín, durmiendo la borrachera fruto del garrafón de Al Fondo Guerra en el monte, cubierto por una manta de campaña y con las gafas torcidas, le añadía una veta perturbadora a su interpretación. El repertorio de piezas que acababa de ofrecer en el atrio de San Miguel quedaba unido a esa imagen del intérprete tan fuertemente como el matrimonio eclesiástico vincula a sus contrayentes, y de ahí en adelante se hacía imposible separarlos. Algo similar ocurre al conocer en persona a un escritor, situación que puede arruinarnos para siempre las lecturas posteriores de su obra.

Tras el concierto llegaba el momento de convertirnos en críticos musicales, a menudo implacables con las malas interpretaciones. Ya fuese por demasiado rápidas, por exceso de lentitud, por levemente desafinadas o por emplear en los instrumentos de arco un *vibrato* que no se correspondía con la época, las ejecuciones recibían todo tipo de airadas críticas, bastante más apasionadas que las que escucho actualmente a la salida de los recitales de poesía, quizá porque la música mueve más las emociones que la palabra meramente enunciada.

Y tras el enjuiciamiento, a cenar todos juntos, como en un internado. Ese comedor escolar adulto se convertía cada noche en un salón de bodas y banquetes. No había cena en la que no se hiciese chocar el cuchillo contra el vaso para dar un aviso, ya fuese por una posible excursión, un cumpleaños o un cambio de hora en algún acto. Y en cualquier momento un coro improvisado se largaba a cantar un madrigal de los que incluyen en su letra sílabas sin sentido como fa-la-la, igual que aquel de la bella y graciosa moza que cantaban Les Luthiers.

Aquellos hombres que a menudo interpretaban el papel de las contraltos con su voz de falsete se llamaban —eso lo aprendí allí— contratenores, y fue allí también donde escuché por primera vez esa tesitura de voz que entonces encontré tan perturbadora, en concreto cantando el aria «Music for a while» de Henry Purcell. Era la voz de los antiguos *castrati*, si bien los que yo conocí no habían sido emasculados y llevaban su buena barba poblada. Esa tesitura forma parte del cosquilleo que todavía hoy me sigue proporcionando la música barroca.

También ahí, en esos comedores de vasos irrompibles, me avergoncé de estar estudiando en la Complutense una carrera de las nuevas, de las que quizá tenían salidas: Ciencias de la Información. La mayoría de los comensales solamente se dedicaban a la música en cualquiera de sus variantes. Yo, además, iba a la universidad «por si acaso», porque nunca se sabe para qué te puede servir tomar apuntes, memorizarlos y después regurgitarlos en un examen escrito, pero, por lo visto, a todo aquel proceso tedioso, tan ajeno a aquellos madrigales pastoriles, lo llamaban «licenciatura» y eso era algo objetivamente bueno, al menos para los cánones de la época.

Vuelvo mentalmente a aquel comedor y se me vienen a la cabeza los cursillistas, uno a uno, enseñando la campanilla al cantar. No sabría decir quién hizo mejor apuesta vital, si fui yo o si fueron los que tocaban el serpentón, la viola da gamba o la flauta travesera barroca, que no era de metal sino de madera (otra curiosidad aprendida en los cursos de verano). ¿Qué habrá sido de todos ellos? Los imagino como esqueletos sonrientes, iguales a los de la cripta de los capuchinos de la Via Veneto en Roma, que te recuerdan en un siniestro cartel: «Éramos lo que eres y somos lo que serás».

SIGUE EL VERANO BARROCO

De haber una vestimenta oficial del curso estival, se trataría de unas bermudas y una camiseta de algodón, esta última con mensaje ocurrente. Los productos promocionales no estaban tan desarrollados en la España de entonces: de haberlo estado, todos habríamos comprado la camiseta con el logo del curso, aunque alguien tendría que haberlo diseñado primero. Mi amigo Gonzalo vestía siempre una con la firma manuscrita, y por ende temblona, de Johann Sebastian Bach. La había conseguido en un festival de música en Inglaterra, y yo habría dado cualquier cosa por tener una parecida.

Gonzalo era asiduo a los cursos de El Escorial. Normalmente había un sentido de pertenencia a cada curso que dificultaba la presencia de participantes de uno en otro, algo que unos cuantos como yo no respetábamos, pues hacíamos incursiones en todos. El contexto del curso madrileño era bastante más granítico y refinado: allí no había asomo de literas; me tocaba dormir en una habitación individual que podría haber pertenecido a un seminarista o a un muchacho salido de la película *Nueve cartas a Berta*, de Martín Patino, con camita individual y muebles de oficina metálicos de los que te hacían ver las estrellas si te golpeabas con ellos en el dedo pequeño del pie. El comedor, en cambio, con su vajilla también de color ámbar y la espantosa luz cenital que desprendían sus fluorescentes, era parecido al de Daroca y servía para hermanar ambos mundos.

En el curso de El Escorial ofrecían un taller de afinación de clavecines con un constructor alemán afincado en París llamado Reinhardt von Nagel. Por supuesto, me apunté con entusiasmo a esa actividad, esencial para la clavecinista en ciernes que era yo entonces. Afinar el instrumento era lo más parecido a ser mecánico de coches: con una clavija fácilmente confundible con un sacacorchos de los sencillitos afinábamos cuerda por cuerda, tratando de encontrarle una lógica a la disposición sonora de la octava. Si bien hoy, en un hipotético listado de actividades inútiles, la afinación de clavecines figuraría en los primeros puestos incluso para mí, en aquel momento las explicaciones y anécdotas de Von Nagel me parecían merecedoras de encontrarse bien arriba en el Olimpo de la información erudita que podría emplear en una cena en Palacio (en un palacio genérico: la Zarzuela, Schönbrunn, Buckingham… es lo mismo). Pero ¿acaso las monarquías contemporáneas están al corriente de cuáles son los distintos sistemas de afinación de claves según el estilo o época de la pieza interpretada? ¿Sería viable conversar sobre el reparto de la coma pitagórica en el sistema Werckmeister III con Carlos Gustavo de Suecia, o con Mette Marit de Noruega? La realidad es que las cortes de hoy no son como las del siglo XVIII, donde Wolfi Mozart y su hermana Nannerl sorprendían a emperadores y archiduquesas con gracietas como la de tocar el clave con los ojos vendados.

Algo parecido a tocar el clave sin mirar me ocurrió en El Escorial: forcé uno de ellos al mover el teclado de sitio. De nuevo la pregunta: ¿a quién le interesa esta información, el hecho de que los teclados de los clavicémbalos puedan desplazarse levemente para que la afinación cambie medio tono y así pueda tocarse al estilo barroco o adaptándose al diapasón contemporáneo? En la burbuja mental en la que residí durante mis veraneos de los primeros noventa, todo eso resultaba de lo más relevante.

Hoy añoro con una nostalgia infinita aquellos micromundos. No volveré a cenar a diario en comedores donde todos los cuchillos percuten en el vaso al unísono para anunciar que es el cumpleaños de Mengana, a la que se le canta el «Feliz, feliz en tu día» aunque sea holandesa y no entienda la letra. El barroco musical se fue borrando de mi vida, disolviéndose como una pastilla efervescente contra el resfriado, de ahí mi sorpresa al comprobar que en 2020 tenían previsto celebrar la cuadragesimosegunda edición del curso de Daroca, lo cual implica que sigue habiendo personas que pasan sus veranos aprendiendo la ornamentación musical del siglo XVIII. En la lista de alojamientos posibles ya no figura la escuela-hogar: probablemente sea inviable meter en las literas a tanto adulto, pues la estatura media del español actual les obligaría a sacar los pies por fuera del colchón. ¿No es esa la idea de progreso, o al menos de crecimiento en sentido literal?

CALIENTE, CALIENTE, EÓ

Así decía el estribillo machacón de una canción de Rafaella Carrá. Y viene a cuento porque tengo en mente algo italiano y caliente: la *stracciatella*. No el sabor que figura en todas las heladerías de Italia y parte del extranjero, esa crema blanca con hilillos de chocolate (por algo su nombre viene del verbo *stracciare*, que significa «deshilachar»). Me refiero a la sopa que lleva huevo hilado, pero tampoco esa modalidad de huevo que acompañaba al salmón en las navidades de algunas familias de clase media alta en adelante, sino mero huevo que se deshace al meterlo en un caldo caliente, más o menos como el de las sopas de ajo, y da lugar a un plato de cuchara con pinta de humilde.

Finalmente se han reabierto las fronteras y es posible viajar por la Unión Europea. Así que, por si acaso esta fuese mi última oportunidad de salir de casa («Como si fuera esta noche la última vez», dice el bolero), estoy en Roma, en la trattoria Da Augusto del Trastevere. Es un restaurante familiar: prueba de ello es que por allí corretea la hija de uno de los camareros (*corretear* parece un verbo de uso obligado cuando se habla de niños) y, como es temprano y aún no hay muchos comensales, la cocinera principal, el pinche y otro empleado están sentados en el comedor charlando. Entra la cocinera en sus feudos cuando empiezan a llegar clientes, entre los que me cuento. Pido lo que llevo tanto tiempo queriendo probar: la *stracciatella.* Y de segundo, algo de carne o pollo. Quiero alejarme por un día de los carbohidratos que pueblan la mayoría de recetas italianas.

El camarero, en tono rutinario y desganado, le dice algo así a la cocinera (traduzco): «Para la cuatro, unos espaguetis *cacio e pepe* y una *caprese*. Para la cinco, una *stracciatella* y un...». No le da tiempo a terminar porque la cocinera estalla de la risa: no da crédito a la petición (pena no poder reproducir aquí la conversación en italiano, pero es fácilmente imaginable, porque la exageración gestual y expresiva de los italianos ha sido ya imitada hasta la saciedad). «¡*Stracciatella* en pleno mes de julio ¡Hay que estar loca para pedirla!», algo así oigo decir a la cocinera romana. Me siento avergonzada y humillada. Esto no me pasaría en Estados Unidos, donde la dictadura de la propina rige las dinámicas comensal-empleado y, por tanto, desde sus caras con sonrisa perpetua, los camareros no osarán jamás poner en duda los gustos de la clientela. Pero sí me ocurre en Italia, y también me pasaría en muchas tabernas españolas, donde sobrevuela un aquí mando yo, este es mi restaurante y me río en tu cara de la ridiculez que estás pidiendo, aunque figure en la carta.

En realidad, no me parece tan mal ese alarde de subjetividad de la cocinera, así que me asomo al ventanuco que da a la cocina y le digo en itañol: «Li sembra che non é una buona scelta la stracciatella?». Y me hace ver que no, que con este calorazo la elección es delirante. Que no es un helado de nata con escamas de chocolate sino una sopa, lo que he pedido. Así que pienso en cambiarla por no sé qué cosa, posiblemente una ensalada *caprese*, que es más fresquita y que lleva los colores de la bandera de Italia en la rúcula, la mozzarella y el tomate. O mejor por una pasta con salsa ligera. O por aquella sopa de Corea del Norte que incluye témpanos de hielo en su interior, la *naengmyeon*, si figurase en la carta. Pero yo lo que de veras quiero es mi *stracciatella*, mi sopa que me haría sudar como en una sauna improvisada, mi sopa que me haría soplar la cuchara y recordar las técnicas para no quemarse la lengua aprendidas de niña. Intento mantenerme firme en mi decisión, pero finalmente flaqueo: mi falta de audacia y mi deseo de agradar a la cocinera me conducen a decantarme por una pasta *al pomodoro*.

La sensación de «Me vengaré» permanece en mi interior, bullendo como una *stracciatella* en pleno 26 de julio.

No me dieron sopa, pero sí estos macarrones

OREMOS

Volver a misa me resulta una experiencia de lo más transgresora. Por un lado, llevo la estructura de la liturgia metida en la cabeza con tanta precisión como la del soneto (catorce versos con rima consonante así dispuestos: abba-abba-cdc dcd). Por otro lado, hace más de quince años que no voy a una boda o a un funeral católicos. Las iglesias las frecuento en busca de arte, ya sea en forma de conciertos o retablos. Con esta finalidad en mente entro en el Gesù de Roma, la iglesia a la que iba a rezar a diario Giulio Andreotti, que ya apuntaba maneras cuando, de niño, en lugar de comprarse chocolatinas con el dinero que le daba su madre para la merienda, él se iba a un quiosco y se hacía con el número más reciente de *L'Osservatore Romano*, el diario oficial del Vaticano.

Es domingo, son las 11.30 y en el Gesù va a dar comienzo una misa en toda regla, con varios monaguillos vestidos de rojo y blanco. Así que me sitúo discretamente en una de las filas de atrás. Como la misa me impide deambular («No está permitida la visita durante las celebraciones religiosas»), permanezco sentada mirando los frescos del techo de Giovanni Battista Gauli, que literalmente *se salen*: se salen del espacio para el que están concebidos, logrando un efecto poderosísimo, encarnando la metáfora del arte como una verdad superior.

Tras haberle echado más de una mirada a los frescos de Gauli y percatarme de que poco más puedo ver, dado que mi movilidad se ve reducida por la ceremonia, pienso en marcharme con disimulo. Nadie me va a raptar ni obligar a permanecer allí, pero es cierto que no acabo de visualizarme poniéndome de pie; por alguna razón quiero quedarme más rato del esperado. La misa es en italiano, así que, como excusa, pienso que es una buena oportunidad para mejorar el mío, que por algo tomo clases cada semana. Y, de repente, me resulta de lo más entretenido el plan de estar ahí sentadita escuchando la misa en italiano. Se suele decir «oír misa», pero en mi caso no es que las palabras entren anodinamente por mis oídos sin que yo les preste atención, no: yo estoy *escuchando* misa activamente.

Se me presenta incluso la posibilidad de corear el «Gloria in Excelsis Deo» que canta una solista acompañada por el órgano. Unos cuantos feligreses se unen. No es un canto de vieja beata: esa mujer tiene estudios, o mejor, tiene la voz colocada en su sitio. No le tiembla como si cantase el «Tú has venido a la orilla» que sonaba cada domingo en las iglesias españolas durante la década de los ochenta. Su entonación es de alto nivel. Y yo me uno bajito, estropeando un poco ese canto, proporcionando la baja calidad de las mojigatas, aunque yo sea una laica de mediana edad que durante la adolescencia cantó en un coro de parroquia.

IBIZA EN EL FORO ROMANO

Si estamos de viaje en una ciudad y nos sentimos algo despis-
tados con respecto a qué merece la pena conocer, las tiendas
de souvenirs pueden ayudarnos a decidir cuáles son los ico-
nos del lugar que no podemos dejar de visitar. En Roma, por
ejemplo, la estatuilla en resina de Rómulo y Remo amaman-
tados por una loba nos invita directamente a acudir a los
Museos Capitolinos. En ellos hay monedas, camafeos y obras
pictóricas del siglo XVII que representan escenas del Imperio
romano; también hay una mano gigantesca de piedra y la
escultura en bronce del Espinario, uno de los niños más célebres de la historia del arte. Pero la gran estrella del museo es
la loba capitolina. Se encuentra en una sala luminosa llamada
exedra de Marco Aurelio, junto a otras joyas que no le hacen
sombra: la estatua ecuestre del emperador que da nombre a la
sala y un grupo escultórico de un león que ataca mortalmen-
te a un caballo, entre otras. Después de contemplar y fotogra-
fiar esas esculturas, los visitantes menos eruditos buscamos la
siguiente atracción, más fotogénica todavía que la anterior:
las vistas del Foro romano desde una balconada del museo. Lo
ideal es acudir solos y quedarse allí con el vigilante (o aun
mejor sin él), contemplando esos vestigios de Historia y dejando que la mente divague. El museo ha colocado un gráfico del panorama que tenemos ante nosotros para ayudarnos
a encontrar cada resto, pero, aunque no localicemos dónde
están el arco de Tito o el mercado de Trajano, el inmenso
poder de ese escenario te hace sentirte un poco como Pira-

nesi, el arquitecto y grabador al que fascinaban las ruinas de la Roma clásica. De haber tenido a mano una lámina de metal y un estilete, me habría puesto a grabar mi aguafuertito al momento.

Así que ahí estaba yo, expuesta ante las ruinas, sin familias con niños revoltosos alrededor, sin grupos de estadounidenses con viseras rígidas de acetato, sin palos de selfie junto a mí. La experiencia era intensa, inolvidable, emocionante, pero algo fallaba, no por defecto sino por exceso. ¿Y qué demonios era? A primera vista no se notaba, porque el mal era acústico: resulta que la sala contaba con su propia música ambiental. No puedo ni quiero saber cuál era la playlist elegida, pero sí me queda claro que los conservadores del museo no habían hecho una labor de reconstrucción pensando en lo que podría haber sonado en la época. Con la música anterior a los inicios de la notación musical –que por consenso suele considerarse la Edad Media–, siempre nos topamos con el mismo escollo: no tenemos ni partituras, ni grabaciones a mano, solamente imágenes: gente con flautas, panderetas, sonajas y liras. ¿Cómo estaban afinados los instrumentos? ¿Qué ritmos eran los más usuales? Nada podemos saber: solo nuestra imaginación, algunos comentarios en manuscritos y cierta erudición histórica pueden acercarnos al sonido original de aquella música, pero el resultado nunca estará exento de errores. Por eso, para qué molestarse: el personal de los Capitolinos piensa que unas melodías y ritmos que recuerden a los del chill-out posterior a una sesión de pastillas y baile hasta el amanecer en una discoteca de Ibiza van perfectamente bien con el espectáculo visual que tenemos ante nuestros ojos. Tras buscar en vano una ventanilla metafórica de quejas para eruditos, me limito a manifestar mi disconformidad para mis adentros.

LA MÚSICA EXPUESTA

El veraneo continúa: en un tren me planto en la Venecia se-
mivacía de 2020. Vivaldi, que era de aquí, es el compositor
que se encarga de la banda sonora de la ciudad. En los tiempos más turísticos no hay iglesia que no celebre un concierto
vespertino con obras del cura rojo. A Vivaldi lo llamaban así
no por sus ideas marxistas, sino porque era sacerdote y, además, tenía el pelo colorado. Aunque la música clásica te inte-
rese menos que la cetrería, habrás escuchado sus *Cuatro estaciones* más de veinte veces en sitios insospechados como
probadores de Zara o anuncios de coches de alta gama. Sobre
todo la *Primavera*, ese concierto para violín y orquesta en mi
mayor en el que el violín se desgañita para imitar el trinar de
los pájaros y el florecer repentino de los almendros. O el último tiempo —*presto*— del verano, en el que cae un tormentón
de agosto que agita arcos, cuerdas y partituras.

En su ciudad natal me esperan sus santos lugares: la iglesia
donde lo bautizaron y La Pietà, el orfanato de niñas en el que
prestaba servicios como músico y profesor. Allí dirigía su orquesta de señoritas huérfanas, a menudo muy bien dotadas
para la música. De hecho, seis de sus endiablados *Conciertos
para violín y orquesta* los escribió para una de ellas, Anna Maria
della Pietà, que salvaba sus escollos melódicos sin grandes
problemas. Me acerco al museo del Ospedale della Pietà, pero
está cerrado. En realidad, el lugar físico donde trabajaba Vivaldi está justo al lado: hoy es la sede del Hotel Metropole, en
cuya terraza sirven ricos cócteles y cosas de comer. Leo el

menú y, por suerte, ningún plato o bebida se llama «Cuatro estaciones» o «Concerto grosso», cosa que es de agradecer.

La ruta musical por Venecia tendría que honrar también a Claudio Monteverdi, cuya tumba se encuentra dentro de San Marcos. Me da un poco de flojera visitar su mausoleo, cuando lo que yo querría es escuchar sus madrigales, así que opto por visitar el Museo de la Música, que además es gratis. Su colección se reparte en dos iglesias: la de San Maurizio y la de San Giacomo, pero esta segunda está cerrada debido, cómo no, a la pandemia. Que un museo sea gratis dice mucho de lo poco deseado que es. Parece estar diciendo «Visítame, por favor, no te arrepentirás». Y allí voy, tan contenta de pasar la mañana en un espacio dedicado a exhibir instrumentos musicales. Porque ¿qué otra cosa podría exponerse en un museo de ese tipo? En este hay decenas de instrumentos, pero también herramientas con las que se fabrican los instrumentos, partituras y algún objeto-fetiche cuyo propietario fue un músico célebre. Me acuerdo ahora de que en la casa vienesa de Joseph Haydn muestran con orgullo tras un vidrio un lápiz muy gastado que le perteneció. Ese lápiz podría muy bien haber estado detrás de su oreja a menudo, mientras componía, aunque eso se asocie más bien con los carpinteros. ¿O cualquier profesional que necesite apuntar a menudo con un lápiz tiende a llevárselo a la oreja?

Es que la música no se mira, la música se escucha, por eso no hay muchas posibilidades expositivas para un museo musical, salvo cuando los convierten en espacios interactivos e incluyen experiencias sonoras. Este humilde museo, en concreto, a veces parece una exhibición de atrocidades: expone un violín de cinco cuerdas, una mandolina gigante, una guitarra única en su género… como si se tratase de la parada de los monstruos en versión instrumental. Es una pena que no aprovechen la oportunidad para hacernos ver que todos esos instrumentos son descendientes de otros que se fabricaban con huesos agujereados de animales muertos (los de viento) o con sus tripas tensadas sobre un bastidor (los de percusión). Esa conexión con el pasado de los instrumentos, y por tanto con la brutalidad de nuestros ancestros, ha quedado borrada, porque tendemos a pensar que la construcción de instrumentos es una actividad artesanal como otra cualquiera, aunque en ella la naturaleza está involucrada más de lo que esperamos: en un violín hay restos de árboles —en la resina para el arco y en la madera de la caja de resonancia—, hay partes de un caballo en las cerdas del arco y hay piel de cabrito en los fuelles de las gaitas de construcción tradicional. El historiador musical Ted Gioia, siempre deseoso de aligerar la formalidad tan característica en el tono de la escritura sobre el arte de lo sonoro, escribe esta expresiva frase en su último libro, titulado *La música. Una historia subversiva*: «Teniendo en cuenta solo los instrumentos, podríamos llegar a la conclusión de que las orquestas se construyeron con los restos que quedaron tras una cena primitiva o una matanza sacrificial». Comenta también Gioia que el batería de Grateful Dead, Mickey Hart, en un curso de verano que impartió, sugería a los alumnos que se fabricasen su propio tambor. Les decía que, para empezar, consiguieran la piel de un cabestro de dos años, para que experimentaran «lo que supone vérselas con un pedazo de piel de treinta kilos, goteando sangre y con grandes trozos de grasa pegados».

Salgo del museo pensando en todo eso y los dóciles instrumentitos allí expuestos me parecen ahora bestias disecadas.

TÍMPANOS Y PITUITARIAS

El olor es tan penetrante como la música. Ni los oídos ni las fosas nasales pueden cerrarse automáticamente por indicación del cerebro: para hacerlo hay que acudir a taparse los oídos con las palmas de las manos o a formar una pinza con los dedos en la nariz, cosa que, de paso, impide respirar. De esto me percato al visitar el teatro de La Fenice. No con uno de esos armatostes parecidos a viejos walkie-talkies que sirven como guía en distintos idiomas, sino con la aplicación descargada en mi teléfono para así evitar cualquier tipo de contacto físico, tal como manda el nuevo protocolo. La tienda, en cambio, está abierta y enseguida curioseo entre los objetos que venden, todos ellos, por suerte, tocables. El más caro es un tabardo (en italiano se dice *tabarro*), como una capa de Don Giovanni que alguien usaría para ir a la Ópera en tiempos de Verdi. En la actualidad, solo algún estadounidense muy despistado y mitómano osaría comprarla y vestirla para asistir a *Rigoletto*, creyéndose un veneciano más. También vendían dos tipos de corbatas de lazo masculinas, cada una con su lenguaje simbólico. Es fácil adivinar que el *fiocco anarchico* lo llevaban los anarquistas y la *mazziniana* los seguidores del activista Giuseppe Mazzini durante el siglo XIX.

Junto a las corbatas del *ottocento* venden un perfume llamado, en un derroche de imaginación impensable, The Merchant of Venice. Hay dos versiones, masculina y femenina, y por despiste me acerco a probar la de hombre. Debería haberme dado cuenta de que una botella de perfume oscura es siempre de hombre: lo cromático avisa con sus códigos. En qué mala hora me vaporizo dos veces en las muñecas y en el brazo; es como si un galán vestido con un tabardo me acompañase de ahí en adelante, rodeándome con su prenda pesada y envolvente. En efecto, es un perfume muy apropiado para asistir a una ópera decimonónica, pero mejor aún durante el propio siglo XIX. Es un perfume anacrónico. Sus efluvios me hacer recordar a galanes como Cary Grant o Marcello Mastroianni o, mucho peor, a Espartaco Santoni o Jaime de Mora y Aragón. Desde luego, los oídos y las fosas nasales están desprotegidos por naturaleza.

EN ESO NO SOY MAFALDA

En la ciudad flotante también estuve a punto de comerme una sopa sin conseguirlo. En este caso era una de pollo *kosher*. La vergüenza, una vez más, obró como censora. Fue en el restaurante judío Gam-Gam, a la entrada del gueto veneciano, del primer gueto del mundo, pues en Venecia nació hasta la palabra: según la mayoría de las hipótesis, viene del verbo *getar*, que en dialecto veneciano significa «fundir», algo lógico, ya que en la zona se encontraban la mayoría de las fundiciones de hierro de la isla.

Estaba totalmente decidida a pedir la sopa, pero antes de hacerlo le pregunté a la camarera cómo era exactamente el plato y qué llevaba. Me respondió con desgana: «Es una sopa, con pollo». En cambio, al preguntarle por las *sarde in saor*, una receta de sardinas probablemente sefardí además de veneciana, se deshizo en comentarios descriptivos y me contó que se trata de sardinas escabechadas con un aliño de cebolla, pasas y piñones. Así que finalmente elegí las sardinas, si bien me habría gustado ser más decidida y pedir la siempre reconfortante sopa. Este adjetivo que acabo de usar me trae a la cabeza un libro de autoayuda llamado *Sopa de pollo para el alma*, cuyo fin era extraer lo máximo del potencial humano. En él la sopa de pollo era una metáfora cicatrizante.

Nada más volver a Madrid me propongo resarcirme de las dos sopas no ingeridas en Italia, así que me planto en un restaurante de comida semirrápida de mi barrio, uno que todavía no ha quebrado. Las tres hamburgueserías de la calle Atocha, incluido el Burger King, están cerradas. Algunas tienen colgado el cartel de «Se alquila», pero el restaurante de sopas, llamado Zuppa, se mantiene abierto, aunque esté siempre completamente vacío (si es que el vacío admite distintos niveles).

Era una fantasía mía del pasado: poner un restaurante de sopas llamado Soponcio Soups. Con unos amigos hablábamos de ello aun sabiendo que nunca lo haríamos, pero era divertido imaginar la logística, la producción, pensar en qué barrio iría mejor el negocio y concebir el interiorismo del local. Para gente con espíritu emprendedor, es entretenido pensar en fundar hipotéticas empresas, tan entretenido como inventarse títulos para las novelas que nunca escribiremos. Soponcio Soups no existe, pero sí existe Zuppa, donde estoy ahora mismo. Su interior es minimalista, desnudo, lo cual genera sensación de limpieza, aunque al mismo tiempo resulta desangelado. Las sopas reconfortantes y las teorías de Adolf Loos no casan bien, quizá por eso no haya ningún comensal en Zuppa cuando entro a las dos de la tarde. En el local estamos el que atiende, uno de Deliveroo que espera el pedido y yo. Después llega otra chica sola. La sopa es para gente sola, comer sopa caliente no es un acto social.

De su carta de sopas disponibles elijo la tailandesa, con arroz, champiñones y sabor a curry. Mi temor es que me la sirvan en un recipiente de cartón: hay pocas cosas más tristes que comer en recipientes de cartón. Genera una tristeza de fast-food apocalíptico. Por suerte, no es así: el binomio cartón/caldo caliente es muy arriesgado. Como la pido para comerla allí mismo, el recipiente en el que me la sirven es un cuenco de algo que parece cerámica. Toc-toc: le doy golpecitos con la cuchara y me doy cuenta de que es más bien baquelita o algo como un Duralex opaco. No pasa nada, la baquelita es un invento noble. Fue el primer plástico que se creó; está a medio camino entre el cartón y la cerámica.

Además de mi sopa pido un moje murciano, que es una ensalada fría de tomate, calabacín, aceitunas negras y huevo. Ese sí me lo sirven en recipiente de cartón. «A falta de caldo, bueno es cartón», podría ser el refrán imaginario aplicable a un caso como este. Los cubiertos son negros, interpreto que de plástico, aunque de nuevo no acierto: son metálicos, pero recubiertos de pintura negra. Será de las pocas veces que un material noble se trasviste de elemento innoble por voluntad de sus diseñadores.

He elegido esa sopa tailandesa porque no es una crema, sino una sopa-sopa, con tropezones. En español se distingue entre sopa y puré, o entre sopa y crema, pero en inglés todo lo de cuchara son *soups* y punto. Desde que vi *Torrente I* en el cine, cuando se estrenó en 1998, no he vuelto a comerme un puré hecho por desconocidos. Me corrijo: creo que mi renuncia a esos platos tuvo lugar antes del estreno de la comedia de Segura, por aquel asunto del puré misterioso de Emilia. Emilia era la madre de un novio que tuve en el siglo XX. Cocinaba sabroso y sencillo, a la española. Guisos bastante aceitosos, cosas fritas: lo que todos conocemos y hemos probado cientos de veces en casas de familiares y en fondas de toda la vida. Cuando visitaba su casa, no podía evitar acercarme a la zona de la cocina donde reposaba lo que había sobrado de la comida. Ser la que se zampa las sobras es algo natural para mí, así que esa faceta la desarrollaba bastante bien. ¡Llega Mercedes, preparad las sobras! Y yo hacía mi número clásico de comedia costumbrista: levantaba tapas de cacerolas, o platos bocabajo sobre otros donde había filetes empanados, muslos de pollo guisados y cosas así. Un día encontré una ollita con una crema de algo. El «algo» era de color blanquecino. Mi personaje sanote y tragaldabas me obligaba a comerme todo casi sin pensar, como el monstruo de las galletas, que en *Barrio Sésamo* se metía en la boca a lo loco infinidad de dulces de todo tipo, sobre todo cookies americanas con chips de chocolate, y con sus manazas torpes de peluche y su carencia de dientes, finalmente acababa haciéndolas trizas y comiéndose solo algunos pedacitos. Vuelvo a la crema blanquecina de Emilia: le pedí que me calentara un cuenco, para hacerle los honores, o dejé que lo hiciera sin oponer resistencia. ¿Por qué no pregunté qué llevaba esa crema? Porque mi personaje vital del momento me lo impedía.

La probé. Era harinosa al máximo, pastosa. Ni rastro de verduras dentro (por el color podría contener nabo o patata, o algo de puerro). Haciendo un esfuerzo papilar le saqué un regusto a pimiento verde que luego me repetiría toda la tarde. Y un regusto también a jamón; no, a jamón no, a beicon. La conclusión es que era un puré incomprensible (me he resistido a llamarlo «puré» hasta ahora: llamarlo crema lo dignificaba, pero aquello era un puré). Le pregunté a Mili −así llamaban en familia a mi suegra temporal− qué llevaba el puré (a ella no le resultaba indigno que le diera ese nombre). Sin pestañear me dijo: «Es carbonara que sobró de ayer y la pasé por la batidora». La receta original italiana, que lleva huevo crudo, panceta y pimienta, España la malinterpretó poniéndole hectolitros de nata de bote. Pero la de Eulalia parecía fruto del juego del teléfono estropeado: todo un cúmulo de malentendidos, unos encima de otros, como en un vertedero de errores que culminasen en ese pimiento verde que, desde mi estómago, me recordaba su presencia cada cinco minutos.

Su puré de carbonara entraba dentro del subgrupo de recetas a base de sobras, colectivo de alimentos que siempre ha merecido mi atención, pero me parece que hasta esos guisos le harían el vacío al suyo. Quiso salir del paso Eulalia y le salió un engendro culinario propio de Mary Shelley.

La moraleja de todo lo dicho en esta sección podría ser que la comida rápida y la sopa son incompatibles. Saldrá siempre mejor el plato de cuchara en una olla de cocción lenta que en una olla exprés. Pero qué caras son algunas: casi tanto como

un arco de chelo cuestan las ollas pesadas de la marca Le Creuset, esas de hierro fundido de color rojo. Las Le Creuset son
el Ferrari de las cacerolas. Y el chelo, ahora me doy cuenta, es
a su manera una Le Creuset.

PARA QUE NO SE NOTE

Mirarme al espejo mientras toco el chelo me incomoda, pero es una práctica útil para corregir errores. Por un lado están las caras raras que pongo, esas *cello faces* de estudiante afanosa en las que, a base de muecas y tics, me disculpo de los gazapos que cometo ante un público inexistente. De existir, el público se daría cuenta inmediatamente de los errores nada más ver mis gestos, aunque estuviesen aquejados de sordera. Después está la mala posición de la mano izquierda: la ves ahí a la pobre haciendo lo que buenamente puede, intentando sobrevivir a ese sube y baja frenético por el mástil. Muy distinta es mi mano de las de otras intérpretes que he escuchado y visto («La música no se mira: la música se escucha»): Sol Gabetta, Jacqueline Dupré o Elinor Frey. Las mías se parecen más bien a las de los niños instagramers, cuyos dedos tiernos se doblan de modo inadecuado a menudo, o a las de los actores y actrices que fingen tocar un instrumento. Más les valdría elegir instrumentistas reales, porque hacer como si tocases es probablemente más laborioso que aprender a tocar el instrumento en sí. Solo hay que ver el videoclip del tema «Me quedaré solo» del grupo Amistades Peligrosas. En un ambiente barroco (y con esto me refiero a candelabros, pelucas, zapatos de varón con una hebilla enorme, casacas y camisas con chorreras), vemos a Alberto Comesaña escribiendo música con una pluma de ave sobre papel pautado mientras Cristina del Valle finge tocar el chelo. La cantante hace lo que puede: se nota que no ha tenido cerca un chelista profesional que la asesore, así que se las apaña reciclando gestos de otras profesiones y habilidades: con la derecha emplea el arco como una espumadera. Con la izquierda simplemente se agarra al mástil, como en un sálvese quien pueda.

No sé si esto resulta divertido para quienes lo miran y no saben música, o si solamente nos provoca tirarnos de los pelos o quizá algunas carcajadas a quienes conocemos más o menos la técnica de un instrumento de arco. El humor y la música clásica no son una pareja muy estable, aunque gracias a Les Luthiers sí tenemos acceso a la risa combinada con lo musical. Hasta yo produzco humor *slapstick* involuntario cuando la pica del chelo se me resbala por el suelo y eso me lleva a tocar una inesperada nota en falso.

OTROS INSTRUMENTOS

Me estoy comiendo una paella alicantina sabrosísima en una arrocería de Madrid en la que el tenedor parece tener un defecto físico: es corto de dientes y, por tanto, la superficie que se encuentra entre el mango y las puntas ocupa más de lo habitual. El invento se parece a la pata palmeada de un pingüino o de un ornitorrinco, pero pronto me doy cuenta de que estoy ante un invento de nombre feo en inglés: el *spork*. Es un híbrido entre cuchara y tenedor (*spoon* + *fork*), de ahí su nombre, pero suena a cerdo, a *pork*, aunque no sé qué se considera feo en un cerdo rosita que te da su cuerpo entero, su grasa, sus músculos, su lomo y su piel para que los disfrutes guisados de mil formas.

He visto por ahí que la traducción castellana de *spork* es «cucharador» y me parece coherente. «Cuchador» me gustaría más, pero no fui yo quien acuñó el término y ya es tarde para modificarlo. El cucharador es eso, una cuchara con unas puítas o dientes de tenedor al final. La idea es usarlo en viajes y momentos portátiles: que te tienes que comer una sopa que lleva unos trocitos de carne, pues usas tu *spork* tanto para el caldo como para los tropezones.

El inglés es una máquina de creatividad como lengua, es un mecano o un juego de ladrillitos con el que construir palabras, así que también han acuñado *knork* (*knife* y *fork*: «cuchillador» o «tenerillo» podría llamarse en esta lengua más voluminosa en la que escribo ahora). También tienen los *chork* (*chopsticks* + *fork*), engendro que combina los palillos asiáticos con el tenedor, cubierto este último que parece a todas luces el más útil hasta ahora, pues todos los nuevos híbridos llevan algún porcentaje de sus púas.

Todo esto me hace darme cuenta de lo difícil que resulta introducir cambios en un instrumento bien diseñado y el rechazo que genera ver variaciones alocadas de su forma original. Estoy pensando en los violonchelos eléctricos, que, desprovistos de su caja de resonancia, parecen jamones a los que solo les queda el hueso. La electrónica hace su labor, y por eso no se necesita nada más que el mástil y el arco para que suenen como viejos chelos de madera barnizada, pero a veces, como detalle visual para recordarle a los oyentes que ese aparato es un violonchelo, los constructores les añaden ese marco curvado que parece de mentira, como pintado con rotulador gordo.

El cucharador, en la cumbre del arroz

BURBUJAS DE GENTE

Ya es oficial, porque la mamá de Carrie lo ha anunciado en Instagram como lo haría una ministra en una rueda de prensa: el curso que viene ambas se mudan a Manhattan (y el papá, ¿dónde quedó?) para que la niña estudie en un colegio especial para niños profesionales. Así se llama el lugar en inglés, The Professional Children's School, y entre sus viejos alumnos se cuentan estrellas de la música y el cine como Yo-Yo Ma, Macaulay Culkin y Sarah Jessica Parker. La idea que vertebra el colegio es permitir que los niños que ya son semiprofesionales en música, danza, teatro o deportes puedan compaginar su escolarización con ensayos, audiciones o espectáculos. De repente, a media mañana, se van a su clase de patinaje sobre hielo o de orquesta de cuerda y después se reincorporan a clase de química y nadie les pone mala cara ni les pregunta de dónde vienen.

Carrie va a estar allí como en el paraíso: el colegio es un redil alegre de niños y adolescentes como ella, todos competitivos, todos levantando la mano bien alta, ansiosos por decir la respuesta correcta. ¿Es un infierno o un edén, esa burbuja de creatividad y motivación en la que viven? No van a tener que tratar con ningún vago redomado ni con ninguna niña que falte a clase porque tenga que cuidar de sus hermanos pequeños. No habrá ni rastro de problemas sociales gordos en su mundo, no habrá adolescentes que hagan pellas para fumar en el parque. Carrie se va a perder algunas cosas de la vida por permanecer en esa burbuja, pero ¿acaso existe alguien que vaya a vivirlo *todo*? Su tolerancia al fracaso va a ser muy bajita, desde aquí lo vislumbro, pero quizá, como niña índigo que es, como niña de esa comunidad de neoniños superdotados que han venido a la tierra para hacer de ella un lugar si no mejor, sí más interesante, no le queda otro remedio. Esa es su misión, y para ello ha de instalarse en un edén de motivación y trabajo junto a otros como ella. Ahora bien, mamá de Carrie: olvídate de seguir grabando en Instagram esos videítos de la niña estudiando en pijama. La niña va a ser *teenager* mañana mismo y además en Manhattan. A pesar de vivir en un remanso de disciplina y trabajo duro, las calles de la ciudad estarán a dos pasos diciéndole «Carrie, deja a tu mamá en casa y date un paseíto por nosotras», «Carrie, no permitas que la pesada de tu madre siga gestionando tu presencia en redes sociales». Las 54.000 personas que hoy la seguimos en Instagram (el número ha crecido) estamos conteniendo la respiración ante la posibilidad de que eso ocurra.

CON EL ALMA ENQUISTADA

«Que no se entere tu mano izquierda de lo que hace la derecha»: la frase bíblica pierde su validez cuando se estudia chelo. Todo es culpa siempre de alguna de las dos manos, y centrarnos en los movimientos de la izquierda no debe hacernos olvidar los gestos de la derecha. Ambas deben enterarse de lo que está ocurriendo. Solo queda la remota esperanza de que, si el chelo suena mal —como le ocurre al mío ahora mismo—, por una vez sea culpa del instrumento en sí. Esto parece un gran alivio, pero a la vez genera un nuevo problema: si el chelo no sirve, habrá que comprar otro. Obviamente, más caro. A veces me suena tan, tan mal que la única manera de disimular la sequedad del sonido es estudiar en el baño. Su acústica, imagino que generada por las baldosas, o por el techo alto del mío, convierte el sonido en una superficie untable, sin huecos duros, sin carraspeos. Pero esta medida es de emergencia, porque instalar el atril en el baño y encontrar un rincón en el que mover el arco horizontalmente sin trabas ni choques con objetos es complicado. Al final acabo tocando sentada sobre la taza del váter y, para no traer el atril, que solo me cabría dentro de la ducha, coloco la partitura en una estantería metálica donde acumulo cremas, champús, peines y otros enseres de baño.

Más de una vez, en una rabieta de estilo infantil, he querido destrozar el chelo como en una comedia de acción y guantazos: agarrándolo con las dos manos por el mástil, levantándolo y golpeándolo con furia contra un murete, una mesa o algo que oponga resistencia. Y para rematar la jugada, dejaría los restos dentro de un contenedor con el mástil asomando. Hay algo sádico en esta fantasía, pero a la vez muestra que para mí el chelo es un ser vivo, desobediente y caprichoso, que se rebela contra su propietaria, a la que me provoca llamar «ama», como a los dueños de perros y otras mascotas. Cuando el chelo no responde como espero, soy un ama dominante capaz de cualquier aberración.

Conozco casos de roturas extremas de violonchelos y uno de ellos me toca de cerca: en Italia alquilé uno. Me ayudaron con los trámites los encargados de una residencia campestre de escritores. Se informaron de que en un taller de instrumentos de arco de Florencia alquilaban violines y chelos para estudiantes, así que tuvieron el detalle de hacerme la gestión. Al llegar me esperaba un chelo modesto que de sobra cumplía con su propósito. Hicimos buenas migas y estuve estudiando varias semanas en él (o «con él», ¿cuál sería la preposición correcta?). Su funda era muy sencilla: de lona, prácticamente tan frágil como aquellas de cuadros escoceses de las guitarras escolares, incapaz de proteger al pobre chelo ni siquiera de un escupitajo. Por eso entre otras cosas, cuando el amable joven italiano fue a devolverlo lo partió en dos: lo rompió precisamente por el mástil. Él insistió en que el accidente tuvo lugar al llevarlo colgado de la espalda y cruzar el quicio de una puerta, pero a mí me costó creerlo. Para reconstruir los hechos he probado a colocarme el chelo en la espalda y, tras tomar carrerilla, hacer el amago de atravesar el marco de una puerta, pero el chelo siempre queda muy por debajo y sale indemne. Solo Pau Gasol o Michael Jordan podrían convertir esa excusa en creíble.

Finalmente, y sin llegar a destrozar mi propio chelo, se me ocurre llamar al sanatorio de instrumentos: mi lutier me pide que se lo lleve para que le eche un vistazo. Se ha autoimpuesto la misión de mantener en forma al chelo que me vendió. Me hace ver que quizá tenga un problema en el alma, que quizá la tenga enquistada o dura. El alma es la varilla cilíndrica de madera que, desde el interior, entre la tapa delantera y la trasera, soporta la tensión de las cuerdas. Quien le diera ese nombre, probablemente un constructor italiano, es además un poeta.

No solo el baño tiene ventajas acústicas

MENSAJE EN UNA BOTELLA

Muere P., mi terapeuta, de repente. Un ejemplo claro de que el esqueleto con túnica y guadaña tiene un ojo pésimo para elegir a sus candidatos. La Parca tendría que haberme consultado antes de decidir llevárselo: le habría dado varios nombres que deberían figurar mucho más arriba en la lista.

En el velatorio conozco a su hijo y le pido que, si puede ser, me dé algún objeto suyo, algo pequeño que yo pueda conservar como símbolo de esos muchos años de acompañamiento vital. También le pido que me mande alguna foto de su padre como recuerdo. Obviamente, yo nunca le saqué a él ninguna fotografía, aunque sí tomé alguna de la consulta a escondidas con el móvil. Me la pidió una amiga que sentía curiosidad por ver cómo era el lugar donde transcurrían mis sesiones, las sesiones en las que él me ayudaba a sacar voz, a moldear mi estar en el mundo. Como una clase de canto pero exenta de melodía tarareable.

Me manda tres: la más reciente es borrosa, tomada sin esmero con un móvil, pero en ella aparece con su expresión de sorna tan característica. En la segunda se lo ve de lejos, recostado en una tumbona plegable y acariciando a un perro labrador o de una raza amistosa similar. La última es la mejor: está de pie en una playa mediterránea, con camiseta y bermudas. Nos sonríe a todos como diciendo: «Ahí os quedáis, apechugad con vuestras vidas a partir de ahora, que yo ya me retiro». Lo de darme un objeto suyo, dice su hijo, va a ser más difícil: la familia pugna por todos ellos, ya sean ceniceros, plumas o piedritas recogidas de tal o cual paraje.

Durante un par de días miro recurrentemente las fotos, especialmente la playera, y en principio me conformo con ellas como recuerdo: es muy grande la capacidad que tienen los retratos para traer al presente a alguien que, lamentablemente, ya hay que conjugar en pretérito. Pero tras resobar con la mirada una y otra vez las fotos digitales me doy cuenta de que me falta lo esencial para evocarlo: su voz. La voz es hermana de la música, y ya sabemos los poderes que esta última tiene sobre nuestro cuerpo y nuestro espíritu. Pero cómo pedirle a alguien (a su hijo) un mensaje grabado de su padre. Eso no se pide porque el contenido es siempre privado, aunque no sea más que un «Al final la ferretería estaba cerrada y no he podido comprar los tornillos». El hecho de que el mensaje fuese para un destinatario ya lo convierte en íntimo, al igual que una nota manuscrita siempre está diciendo algo para alguien.

Si le prometiera a su hijo que de verdad no tengo intención de escuchar el contenido en sí de los mensajes, sino solo la prosodia, la cadencia de la voz de su padre, él no me creería, y con razón. Cuando eres hablante de una lengua, no puedes suspender voluntariamente la comprensión de los morfemas y lexemas que la integran. Solamente si P. hablase en un idioma desconocido, o, mejor aún, en una glosolalia privada inventada por él, podría compartir su hijo esos mensajes conmigo sin sentir pudor.

A falta de esa voz que reconforta y alivia, se me ocurre escuchar algo a caballo entre lo musical y lo verbal, algo que ilustre a qué me refiero, que resuma cómo serían esos mensajes de audio ininteligibles de P. que persigo. Se trata de la *Ursonate* de Kurt Schwitters. Es una obra tan dadá, tan vanguardista de verdad, que me río yo sola ante esa grabación que hizo en 1932. Son meros fonemas que no se corresponden con ninguna otra lengua. «Rummm», «schkrmu», «rakatetebé», «uchechebé», «uuuuurnsakatabí»: todo eso dice o, más que decir, emite Schwitters a lo largo de su sonata vocal, que tiene la estructura de un primer tiempo de sonata como las que escribían Mozart o Haydn.

Definitivamente, la *Ursonate* no mueve los afectos como sí lo hace la música vocal o la voz cuando produce enunciados. Ese dadaísmo sonoro, a caballo entre ambos fenómenos no me sirve de bálsamo ni me proporciona consuelo alguno.

LAVADO EN SECO

Pasan cosas en Madrid que uno no esperaría, por ejemplo, dentro de una tintorería de la zona de Puente de Vallecas, un barrio de bloques de ladrillo sin demasiado encanto. Ahí vemos a la dueña del negocio, anotando pedidos, envolviendo y colgando las prendas que acaban de ser lavadas en seco. Se pasa el día recibiendo encargos entre ese olor a producto industrial, en las antípodas de lo saludable. Y cuando dan las ocho cierra hasta el día siguiente, pero hoy, minutos antes de que eche la reja, ha llegado otra mujer a la tintorería y ambas han entrado en la trastienda. Ahora sí, la dueña, que se llama Alicia, pone en la puerta el cartelito de «Cerrado». Podríamos estar en una escena de *Los Soprano* en la que las protagonistas van a repartirse fajos de billetes obtenidos de manera ilegal, pero lo que está a punto de tener lugar allí verdaderamente, entre trajes de chaqueta, abrigos de paño y edredones cubiertos por plásticos, es una clase de viola da gamba. Ni Marin Marais ni Tobias Hume ni Antoine Forqueray, compositores que dedicaron docenas de obras a este instrumento de seis cuerdas, imaginaban en el siglo XVII que su música quedaría amortiguada por un batallón de prendas del siglo XXI enfundadas y colgadas del techo.

Como si se tratase de una actividad clandestina, casi pecaminosa, en ese entorno semisecreto tienen lugar las clases que le da mi profesora Calia a Alicia, su alumna de viola da gamba, que también toca el chelo. Me cuenta Alicia que al escuchar por primera vez el sonido apagado de la viola da gamba le dieron tentaciones de compaginarla con el aprendizaje del otro instrumento. Así que combina gamba y chelo, como si fueran la anchoa y el boquerón del bocadillo llamado matrimonio, de ingredientes parecidos pero con aliños muy distintos: uno en vinagre y la otra en salmuera.

Yo, que soy más bien vociferante y exhibicionista, no siento esa pulsión hacia la discreta viola da gamba, que vivió su esplendor en la Europa del Antiguo Régimen. Cuando pasó de moda tras la Revolución francesa, miles de violas se echaron al fuego y quedaron reducidas a cenizas. Mientras tanto, el violonchelo comenzaba su fulgurante carrera como instrumento seductor de voz varonil, en cuyas redes caí yo un par de siglos después. La viola, en cambio, se asociaba con un pasado monárquico y déspota que todos querían olvidar. Pero hoy, a años luz de la época de Robespierre y María Antonieta, ha renacido el interés por ella y se estudia en todas partes, incluso en algunas tintorerías de Madrid.

MANOS DE PIANISTA

El piano es menos agresivo que el chelo para las manos: me lo dicen todos los profesionales de la salud muscular y tendinosa. Por eso a menudo pienso que más me valdría haberme centrado en desempolvar mi técnica pianística en lugar de haber empezado a estudiar chelo. Es como si, en lugar de mejorar mi inglés (los inagotables *phrasal verbs*, la pronunciación arbitraria, su extenso vocabulario...) hubiese comenzado a estudiar polaco.

Casualmente, mi antigua profesora de piano, Sol, que me conoce desde la adolescencia, es decir, que me escuchó tocar con abrigo en clase y actitud esquiva, tan excéntrica como una Glenda Gould de pacotilla a mis catorce años, me manda un vídeo de sus manos tocando una pieza de Smetana cuya partitura le proporcioné yo. Es una de las hojas de álbum del opus 2, romanticona, melancólica y, sobre todo, *subyugante*, adjetivo que le va a la perfección a una pieza así. Ha logrado grabarse en espejo, así que veo dos pares de manos que recorren el teclado. No dan grandes saltos, simplemente se asen (del verbo «asir») a las teclas como si fueran alpinistas de lo horizontal. Los sustantivos «precisión» y «dominio» se me vienen a la cabeza: sus dedos, no especialmente largos, logran, gracias a décadas de entrenamiento, caer con el peso adecuado sobre la tecla para así proporcionar la cantidad de sonido necesaria que posibilite diferenciar matices como el *forte* o el *pianissimo*. Esos dedos —y el cerebro que los rige— se han dedicado principalmente a eso a lo largo de su vida. Es una labor muy especializada, quizá poco demandada en este y otros mundos, pero para mí es de las tareas más valiosas que conozco. Las suyas son unas manos de trabajadora del piano, tan curtidas a su modo como las de una labriega o un guarnicionero.

ALGO RESENTIDA

Tumbada con los brazos en cruz sobre una alfombrilla de yoga en el salón de casa, con sendas bolsas de guisantes congelados en los codos y una almohadilla térmica en la zona del cuello, considero la posibilidad de dejar definitivamente las clases de violonchelo, pues es prudente que las proezas tengan una duración limitada. ¿O acaso Amundsen pasó toda su vida conquistando el Polo Sur? De hecho, al llegar finalmente tras vivir penurias inimaginables, escribió en su diario: «¡Se han desvanecido todos los sueños! ¡Santo Dios, este es un lugar espantoso!».

El chelo no es un lugar espantoso en absoluto, pero sí es un Polo Sur metafórico, o más bien un Everest a cuya cima parece imposible acceder. No ya a su cima, sino a un miradorcito desde el que descansar y contemplar hermosas vistas: ahí me conformaría con llegar. En la cabeza me baila, al igual que en la boca lo haría un caramelo gordo y redondo de los que ya no me como hace años, esta frase de un relato de Felisberto Hernández, «El caballo perdido»: «Yo también empecé a estudiar el piano; y estudiaba y estudiaba y nunca veía el adelanto, no veía el resultado. En cambio, ahora que hago flores y frutas de cera, las veo... las toco... es algo, usted comprende».

Hernández, uruguayo y pianista (por este orden), comenzó a escribir cuando todavía era músico profesional. Acuciado por los apuros económicos, tuvo que vender su piano y con ello canjeó su carrera musical por la literaria. Si yo vendo mi chelo nadie se va a resentir; al principio, solamente mi profesora: le dejaré un hueco en la academia, pero pronto lo ocupará otro alumno, probablemente un niño o una niña a quien los padres lleven a regañadientes a estudiar lenguaje musical y piano.

En mi cuerpo se irán borrando las escasas marcas que dan fe de que el chelo pasó por mi cuerpo: los callos en las yemas de los dedos índice y meñique. Hasta que eso ocurra, nadie podrá negar que yo toqué el chelo durante dos años. Como decía Cesária Évora en su canción, titulada precisamente «Negue» («Niegue»): «Negue que me pertenceu / que eu mostro a boca molhada / ainda marcada pelo beijo seu»: Niegue que me perteneció y yo, a cambio, le mostraré mi boca húmeda, todavía marcada por aquellos besos que me dio, por ese roce constante que casi la erosionó, viene a decir en la canción. Y yo, a quien lo solicite, le mostraré y le haré tocar la rugosidad de los laterales de mis dedos de la mano izquierda, que aún sigue allí.

Mi epitafio, por tanto, podría ser este: «Yo toqué el chelo durante más de cuatrocientas horas en mi vida adulta».

UN COCIDO DE VERANO
(CASA CIRIACO, 19 DE AGOSTO DE 2020)

A menudo, España no es amiga de su propia historia. El interés por los usos y costumbres del pasado genera sospechas. Muchos de ellos, además, suenan requetefachas. Los restaurantes centenarios y castizos, donde sirven ante todo guisos de procedencia animal, se perciben en ocasiones como lugares casposos, de ahí que su público ronde la edad de jubilación. No ocurre lo mismo en Italia (y dale con Italia), donde la tradición –gastronómica, monumental, poética– se ha logrado comunicar a sus habitantes como algo de lo que enorgullecerse, y no como una usanza mussoliniana. Y es que, a pesar de parecer similares, son dos países muy distintos (y esta frase incluye un suspirito resignado al final).

Al hilo de esto, me pregunto qué será de Casa Ciriaco tras la pandemia, si cerrarán el local para siempre porque no reparte con Glovo o si alguien seguirá yendo. Por casualidad miro si está abierto. Lo miro en concreto el 15 de agosto, el día de la Virgen de la Asunción, el *ferragosto* que a lo mejor lleva ese nombre en italiano porque el calor de esos días hace pensar en un hierro candente. La cosa es que abren en agosto y están contentos de ofrecer su gallina en pepitoria a quien la quiera. Me apena que, en esta ocasión, sean escasos los guiris que la soliciten.

Su gallina en pepitoria es de las poquísimas que se sirven todavía en los restaurantes de Madrid, pero yo voy en busca de un cocido, de mi clásico cocido de agosto. A menudo lo elaboro yo misma en casa, pero este año quiero ayudar a los hosteleros. Ya oigo las voces interiores de mi superyó diciéndome: «¡Ve a la taberna La Bola, en la calle homónima! ¡Allí es donde sirven el mejor cocido!». Lo sé, pero La Bola sí cierra en agosto. Volverá en septiembre, porque de hecho cumple ciento cincuenta años en 2020 y una efeméride así no ha de ser olvidada.

Así que el 19 de agosto tiene lugar la performance del cocido veraniego de dos vuelcos en Casa Ciriaco. El local tiene aire acondicionado, de ahí que mi acción no tenga particular mérito. Las pirámides de Egipto se construyeron cuando no había excavadoras ni perforadoras: eso sí es digno de admiración. Un cocido en agosto hay que comérselo con la cuchara en una mano y el abanico en la otra, pero con esta climatización artificial no resulta necesario darse aire.

Solo había venido en una ocasión a Casa Ciriaco, hace unos veinte años, a comer gallina en pepitoria con un amigo americano, para que la probase. Entro por segunda vez, sin saber todavía que en 2018 habían cambiado de dueños, y veo lo que espero ver: pizarrines con la oferta de tapas y platos, azulejos, grifos de cerveza y vermut y, en el salón principal de comidas, sillas claveteadas de estilo inconfundiblemente castellano y muchas fotos de la gente ilustre que pasó por allí. Son celebridades de otro tiempo: Frank Sinatra, Fernando Esteso, Arantxa Sánchez Vicario...

Por todo el restaurante hay cartelitos impresos que dicen: «¡Atención, el próximo 19 de agosto es el día del cocido en Casa Ciriaco!». Resulta que el cocido está incluido en el menú del día, junto a una copa de vino, pan y postre, así que los veintidós euros que pensaba gastarme (gajes de la producción de este libro) quedan reducidos a once. Te ponen unas aceitunitas de aperitivo y ya enseguida llega la sopa, servida por camareros de los de antes, que te preguntan si prefieres mucho caldo o más bien abundancia de fideos. La sopa pica en la garganta: ahí está la tradición, ahí está el cerdo del cristianismo dejando su sustancia, acompañado, imagino, de la vaca sagrada hindú y del pollo, animal comestible en casi cualquier religión.

El cocido viene acompañado por un platito con guindillas verdes y trozos de cebolleta. Probablemente aparezca en algún recetario del siglo XIX o en algún compendio de costumbres madrileñas («El buen cocido ha de acompañarse de unas piparras frescas y una crujiente cebolleta»), esos libros de los que huyo, porque la tradición en España, como ya he dicho, se asocia irremediablemente con lo rancio.

¿Quién más está comiendo en el restaurante hoy? Un grupo de seis hombres al fondo. Algunos van vestidos de blanco, de marineros, pero en absoluto tienen edad de ir a hacer la comunión; más bien se acercan a la de ese otro sacramento que se administra al final de la vida. Es que son militares de la Armada, es decir, marinos. La Capitanía General del Ejército de Tierra está a dos pasos, también en la calle Mayor (¿qué es una Capitanía General, papá?), y también la Iglesia Arzobispal Castrense, por eso deben de ser asiduos del local. Llegan más asiduos: un cura cincuentón con alzacuellos y una mujer de luto riguroso. Uno de los marinos de alta graduación saluda al cura llamándolo respetuosamente don José Antonio. Él le presenta a su tía sin proporcionar su nombre («Esta es mi tía»). Huelga decir que todos, el cura, la tía y los militares de alta graduación, han pedido cocido.

Cuando llega a la mesa castrense el segundo vuelco de cocido —es decir, la parte orgiástica que presenta en un mismo platazo la carne, los huesos, el chorizo, la morcilla, los garbanzos y las hortalizas—, uno de los militares pronuncia tajante: «Esto es un cocido». Le faltaría decir «un señor cocido», pero creo que el hecho de pronunciar esa sencilla frase afirmativa, esa enunciación tautológica en la que se limita a describir lo que ve ante él sobre la mesa, revela una estupefacción mucho mayor que si lo hubiera adornado con aditivos tipo «como Dios manda» o «de campeonato». «Esto es un cocido» es lo contrario al «Ceci n'est pas une pipe» del lienzo de Magritte. Eso no es una pipa, pero ese cocido de Casa Ciriaco vive Dios que sí es lo que parece, viene a decir el vicealmirante con su comentario. En realidad, no sé lo alto que se encuentra en el escalafón ninguno de ellos, pero por la conversación que están manteniendo detecto que ahí hay mandamases, o que lo fueron en algún momento. Estoy ante altos cargos de la Armada, compartiendo menú del día con ellos. Aquí viene bien el adjetivo «transversal», que se emplea mucho al hablar de los bares y restaurantes en España, pues, en efecto, en ellos se llega a juntar gente de todo pelaje.

Estoy nerviosa porque, en teoría, yo no pertenezco a Casa Ciriaco debido a esa clientela de hoy: el cura, su tía y los seis militares. Miro el escudo repujado que cuelga de la pared y que es el logotipo oficial del restaurante. Me apuesto algo a que lo dibujó Mingote. En efecto, lo busco en Google («Casa Ciriaco Mingote») y ahí aparece el humorístico escudo con una armadura que bebe de un porrón y un pájaro en el centro a punto de ser trinchado por un cuchillo y un tenedor. También hay un dibujo de Gila en la pared y en otra foto alcanzo a ver al presentador Pepe Domingo Castaño.

Pero el cocido está muy rico y muy bien de precio, y el dueño o encargado viene a preguntarme si me gusta. Señalándole el plato ya semivacío, le respondo que sí, que es de los mejores cocidos que he probado. Porque a lo bueno siempre se llega, como decía la abuela de mi jefe.

No hay esperanza: España no se mezcla; ahora mismo estoy en la España tradicional, al igual que cuando voy a escuchar música clásica comparto anfiteatro con los nacidos antes de 1960. Hasta que entra una pareja, ella con look ochentero y él con tatuajes. Y piden cocido. Y luego llegan una chica y un chico jóvenes con un bebé; el padre también lleva tatuajes. Y me doy cuenta de lo básica que soy al asociar los tatuajes con una supuesta modernidad, con un supuesto progresismo. Y no sé ya qué significa un tatuaje, ni qué es lo moderno ni qué lo rancio ni qué la tradición. Pero sí sé qué es lo artesanal: fabricar violonchelos y poner a hervir durante horas en una cacerola enorme este cocido.

Me estoy comiendo, a cucharadas y en 2020, la médula espinal de una vaca («Qué rico el tuétano. Esto es un cocido»). Con un cura, su tía, unos almirantes y dos parejas nacidas en democracia o cuando Franco estaba a punto de irse al otro barrio. La música que suena me parece inapropiada: no son marchas militares, no son coplas de Concha Piquer ni cuplés de Olga Ramos. Es radiofórmula: a ratos algo pop en inglés y también algunas dosis de canción melódica en castellano, estilo Rocío Dúrcal. Pienso que algo toca a su fin aquí, en Casa Ciriaco. Que o viene James Rhodes a decirnos lo increíbles que son el restaurante y sus recetas o el local cierra sin remedio.

Me salvan los de mi edad, los de los tatuajes. Pero ¿de qué me salvan?

Uno de los militares confiesa que cuando empezó la cuarentena fue a una panadería porque se le antojó un bollo grande relleno de chocolate. Tales eran su deseo y su ansia que se olvidó el móvil sobre el mostrador al salir de la tienda con el bollo. Atención al lapsus: le urge llevarse la infancia a la boca y deja ahí olvidada la máquina de ser adulto, el dispositivo a través del cual la realidad nos reclama.

He chupado el ala de una gallina vieja, el hueso de la pata de un cerdo y la vértebra de una vaca. He comido médula espinal.

Uno de los marinos pertenece a la junta directiva de la Casa de Cantabria en Madrid, según les cuenta a sus compañeros de mesa. El mundo de las casas regionales vuelve a mí, tras años sin reparar en su existencia. Un día, según les cuenta, comió allí un pote cántabro con motivo de una celebración y, nada más terminar, se fue a dar buena cuenta de un cocido castrense con sus compañeros de trabajo.

Dos hombres tatuados. ¿Es esa mi idea de modernidad? Se reiría de mí el capitán Cook, que en el siglo XVIII trajo a Occidente la costumbre de imprimirse signos en la piel.

En Casa Ciriaco hay una botella gigantesca de Chivas Regal. De cinco litros, mínimo. ¿Es de adorno o se irá vaciando poco a poco?

¿Comer cocido es facha? ¿Tocar el chelo también? ¿La comida tiene ideología? ¿Qué binomio estoy planteando? ¿Antiguo *versus* moderno? ¿Rancio *versus* progresista? ¿Local *versus* global? ¿Sostenible *versus* antiecológico?

Me he comido el tuétano de una vaca sorbiéndolo a través de la vértebra. Si me pongo a darle golpecitos con un palo al hueso, lo convierto al instante en un instrumento de percusión.

De dos vuelcos

BIBLIOGRAFÍA

Amundsen, Roald, *Polo Sur*, Interfolio, Madrid, 2011.

Barnes, Julian, *El ruido del tiempo*, Anagrama, Barcelona, 2016.

Cioran, E. M., *Desgarradura*, Tusquets, Barcelona, 2004.

Chion, Michel, *El sonido*, la marca editora, Buenos Aires, 2020.

Fischer, Ernst, *La necesidad del arte*, Península, Barcelona, 2011.

Fisher, M. F. K., *El arte de comer*, Debate, Barcelona, 2015.

Flecha Marco, Ana, *Piso compartido*, Mr. Griffin, Madrid, 2018.

Gioia, Ted, *La música. Una historia subversiva*, Turner, Madrid, 2020.

Hakobian, Levon, *Music of the Soviet Era*, Routledge, Londres, 2017.

Hernández, Felisberto, «El caballo perdido», en *Narrativa completa*, el cuenco de plata, Buenos Aires, 2015.

Huener, J., y Nicosia, F. R. (eds.), *The Arts in Nazi Germany*, Berghahn, Nueva York, 2006.

Kafka, Franz, «Mucho ruido», en *Relatos completos*, Losada, Buenos Aires, 2006.

Keller, Helen, *El mundo en el que vivo*, Atalanta, Vilaür, 2012.

Larkin, Philip, *Poesía reunida*, Lumen, Barcelona, 2014.

Pérez Galdós, Benito: «Una industria que vive de la muerte. Episodio musical del cólera», en *Cuentos fantásticos*, Cátedra, Madrid, 2004.

Sennett, Richard, *El artesano*, Anagrama, Barcelona, 2008.

GUÍA ORIENTATIVA DE ESCUCHA

J. M. C. Dall'Abaco, *Capricci para violonchelo solo.*

J. S. Bach, *6 suites para violonchelo solo.*

– *Motete «Fürchte dich nicht»* .

– *Pasión según san Mateo, «Schmerz, Hier Zitter das Gequälte Herz».*

– *Badinerie* de la *Suite orquestal n.º 2 para flauta y orquesta.*

L. V. Beethoven, *Primera Sinfonía en Do Mayor, op. 21.*

– *Quinta sinfonía en do menor, op. 67.*

S. Blanco, *Bioclassics* (Bach, Beethoven, Debussy, Haendel, Mozart, Schubert, Vivaldi, Wagner…).

L. Boccherini, *Quinteto para instrumentos de arco op. 30, n.º 6* (conocido como *Musica notturna delle strade di Madrid* o *Serenata de las calles de Madrid*).

P. I. Chaikovski, *Variaciones sobre un tema rococó op. 33 para violonchelo y orquesta.*

F. Chopin, *Polonesas.*

G. Cirri, *Sonata en Do mayor para violonchelo y bajo continuo.*

J. Haydn, *Conciertos para violonchelo y orquesta.*

Les Luthiers, *Oi Gadóñaya (Canción rusa)*

– *La bella y graciosa moza (Madrigal)*

B. Marcello, *Sonata n.º 2 en mi menor para violonchelo y bajo continuo.*

W. A. Mozart, *Rondo alla turca para piano.*

C. Saint-Saëns, *Concierto para violonchelo y orquesta.*

– *El cisne,* de *El carnaval de los animales.*

K. Schwitters, *Ursonate* para voz.

D. Shostakóvich, *Concierto n.º 1 en Mi bemol mayor opus 107 para violonchelo y orquesta.*

A. Vivaldi, *Las cuatro estaciones* (Conciertos para violín y orquesta números 1, 2, 3 y 4 op. 8, parte de la obra *Il cimento dell'armonia e dell'inventione*).

C. M. von Weber, «Coro de los cazadores» de la ópera *El cazador furtivo.*

K. F. Zöllner y M. Arregui Trecet, *El menú* (para coro).

Playlist *Cocido y violonchelo* en Spotify:
https://open.spotify.com/playlist/5Ndq7hjJYzCtjFUR42NES9?
si=1ba86c8b3c624612

NOTA

Algunos fragmentos de este libro aparecieron, con modificaciones posteriores, en el número 179 de la revista *Letras Libres* (agosto de 2016) y en el volumen colectivo *Mierda de música* (Blackie Books, 2017). Agradezco a Daniel Gascón y a Jan Martí su publicación en aquel momento.

Algunos nombres de personas reales han sido cambiados para salvaguardar su intimidad y para proteger a la autora de acciones legales contra ella.

AGRADECIMIENTOS

A casi todos mis profesores de música, en especial a Sol Bordas y a Calia Álvarez, por su paciencia y dedicación y por hacer crecer en mí un amor perenne hacia la música.

A las personas que leyeron con esmero el manuscrito de *Cocido y violonchelo* en sus distintas etapas y me hicieron comentarios de lo más pertinente. Son muchas y aquí aparecen por orden alfabético: Constantino Bértolo, Sara Cordón, María Eloy-García, Sandra de la Fuente, María Gainza, Nicolás Gaviria, Rafael Lamas, Javier Montes, Raquel Peláez, Emilio Ruiz Mateo, Lisbeth Salas, Daniel Samoilovich, Sabina Urraca e Ignacio Vleming.

A la Fondazione Santa Maddalena, concretamente a su fundadora, Beatrice Monti de la Corte, y al personal del lugar (Rasika, Falcone, Nicolás *et al.*), por alojarme, cuidarme y proporcionarme calma en más de una ocasión a lo largo de la escritura de este libro.

Al Museo MALBA y a la editorial Ampersand de Buenos Aires, porque fue allí, durante la residencia artística que me concedieron, donde comencé a escribir este libro.

A la Academia de España en Roma, por facilitar que me empapase de la cultura italiana durante los meses que viví allí con la Beca Valle-Inclán.

A Rosi Song, por meterme prisa para que comenzase a estudiar violonchelo.

A la escuela de música El Molino, por su gran idea de formar una orquesta de aficionados.

A Agustín Clemente y Victoria de Francisco, por proporcionarme mi violonchelo y mantenerlo siempre a punto.

A Sandra de la Fuente, por prestarme generosamente su instrumento al otro lado del océano.

A mis amigos músicos, por tantas conversaciones, risas y veladas musicales compartidas.

ÍNDICE